中國古典文學基本叢書

古詩源

〔清〕沈德潛 選評

聞旭初 標點

中華書局

圖書在版編目(CIP)數據

古詩源:典藏本/(清)沈德潛選評;聞旭初標點. —北京:中華書局,2023.10
(中國古典文學基本叢書)
ISBN 978-7-101-13349-3

Ⅰ.古… Ⅱ.①沈…②聞… Ⅲ.古典詩歌-詩集-中國 Ⅳ.I222.72

中國版本圖書館 CIP 數據核字(2018)第 151392 號

責任印製:管 斌

中國古典文學基本叢書
古詩源(典藏本)
〔清〕沈德潛 選評
聞旭初 標點
*
中 華 書 局 出 版 發 行
(北京市豐臺區太平橋西里 38 號 100073)
http://www.zhbc.com.cn
E-mail:zhbc@zhbc.com.cn
三河市宏達印刷有限公司印刷
*
850×1168 毫米 1/32 · 11¼印張 · 2 插頁 · 155 千字
2023 年 10 月第 1 版 2023 年 10 月第 1 次印刷
印數:1-3000 册 定價:48.00 元

ISBN 978-7-101-13349-3

出版説明

古詩源是清人沈德潛所編的一部唐以前的歷代詩歌選集。這部書選輯了先秦至隋各個時代的詩歌，共七百餘首，分十四卷。這是一部帶資料性的選本，收録作品較爲廣泛，唐以前的一些著名詩篇（除詩經、楚辭外），大多數都已選録在内，而且還從一些古書中輯録了不少民歌謡諺，内容比較豐富，可作爲閲讀研究古代詩歌的參考。

沈德潛（一六七三——一七六九），字確士，號歸愚，江蘇長洲（今江蘇蘇州）人，是清代前期的詩人，乾隆時官至内閣學士兼禮部侍郎。除本書外，還編有唐詩别裁集、明詩别裁集、清詩别裁集等。

本書列入中國古典文學基本叢書，此次出版按我局鉛印本整理重排。核以本局聚珍版四部備要本，訂正原書録排訛誤。原書有句讀無標點，不便閲讀。今除正文保留句讀外，小注、評語、并序等俱作標點，全書施以全式標點，以便讀者。

中華書局編輯部

二〇一六年二月

序

詩至有唐爲極盛，然詩之盛非詩之源也。今夫觀水者至觀海止矣，然由海而溯之，近於海爲九河，其上爲洚水，爲孟津，又其上由積石以至崑崙之源。記曰：祭川者先河後海，重其源也。唐以前之詩，崑崙以降之水也。漢京魏氏，去風雅未遠，無異辭矣。即齊梁之綺縟，陳隋之輕豔，風標品格，未必不逐於唐。然緣此遂謂非唐詩所由出，將四海之水非孟津以下所由注，有是理哉？有明之初，承宋元遺習，自李獻吉以唐詩振，天下靡然從風。前後七子，互相羽翼，彬彬稱盛。然其敝也，株守太過，冠裳土偶，學者咎之。由守乎唐而不能上窮其源，故分門立户者得從而爲之辭，則唐詩者宋元之上流，而古詩又唐人之發源也。予前與樹滋陳子輯唐詩成帙，窺其盛矣。兹復溯隋陳而上，極乎黄軒，凡三百篇、楚騷而外，自郊廟樂章，訖童謡里諺，無不備采。書成，得一十四卷。不敢謂已盡古詩，而古詩之雅者略盡於此，凡爲學詩者導之源也。昔河汾王氏，删漢魏以下詩，繼孔子三百篇後，謂之「續經」，天下後世群起攻之，曰「僭」。夫王氏之僭，以其擬聖人之經，非謂其録删後詩也。使誤用其説，謂漢魏以下學者不當蒐輯，是懲熱羹而吹虀，見人噎而廢食，其亦翦翦拘拘之見爾矣。予之成是編也，於古逸存其概，於漢京得其詳，於魏晉獵其華，而亦不廢夫宋齊後之作者。既以編詩，亦以論世。使覽者窮本知變，以漸窺風雅之遺意，猶觀海者由逆河上之以溯崑崙之源，於詩教未必無少助也夫。

康熙己亥夏五長洲沈德潛書於南徐之見山樓

例言

康衢擊壤，肇開聲詩，上自陶唐，下暨秦代，韻語可采者，或取正史，或裁諸子，雜録古逸，冠於漢京，窮詩之源也，詩紀備詳，兹擇其尤雅者。

風騷既息，漢人代興，五言爲標準矣。就五言中，較然兩體，蘇李贈答、無名氏十九首，古詩體也；廬江小吏妻、羽林郎、陌上桑之類，樂府體也。昭明獨尚雅音，略於樂府，然措詞敘事，樂府爲長，兹特補昭明選未及，後之作者，知所區别焉。

安世房中歌，詩中之雅也，漢武郊祀等歌，詩中之頌也，廬江小吏妻、羽林郎、陌上桑等篇，詩中之國風也，樂府中亦具三體，當分别觀之。

曹子建云：漢曲訛不可辨。魏人且然，況今日耶？凡不能句讀及無韻不成誦者均不録。

蘇李以後，陳思繼起。父兄多才，渠尤獨步，故應爲一大宗。鄴下諸子，各自成家，未能方埒也。嗣宗觸緒興懷，無端哀樂，當塗之世，又成别調矣。

壯武之世，茂先休奕，莫能軒輊。二陸潘張，亦稱魯衛。太沖拔出於衆流之中，丰骨峻上，盡掩諸家。鍾記室季孟於潘陸之間，非篤論也。後此越石景純，聯鑣接軫。過江末季，挺生陶公，無意爲詩，斯臻至詣，不第於典午中屈一指云。

詩至於宋，體製漸變，聲色大開。康樂神工默運，明遠廉儁無前，允稱二妙。延年聲價雖高，雕鏤太甚，未宜鼎足矣。齊人寥寥，玄暉獸有一代。元長以下，無能爲役。

蕭梁之代，風格日卑。隱侯短章，猶存古體。文通仲言，辭藻斐然。雖非出群之雄，亦稱一時作者。陳之視梁，抑又降焉。子堅孝穆，並以總持。略其體裁，專求名句，所云差强人意者耶。

梁時横吹曲，武人之詞居多。北音鏗鏘，鉦鐃競奏，企喻歌、折楊柳歌詞、木蘭詩等篇，猶漢魏人遺響也。北齊敕勒歌，亦復相似。

北朝詞人，時流清響。庾子山才華富有，悲感之篇，常見風骨，所長不專在造句也。徐庾並名，恐孝穆華詞，瞠乎其後。

隋煬帝豔情篇什，同符後主，而邊塞諸作，矯然獨異，風氣將轉之候也。楊處道清思健筆，詞氣蒼然，後此射洪曲江，起衰中立，此爲之勝廣矣。

漢武立樂府采歌謡，郭茂倩編樂府詩集，雜謡歌詞，亦俱收録，謂觀此可以知治忽、驗盛衰也。愚於各代詩人後嗣以歌謡，猶前人志云。

漢以前歌詞，後人僞作甚夥，如夏禹玉牒詞，漢武帝落葉哀蟬曲類是也。詞旨可取，不妨並登，眞僞自可存而不論。然如皇娥、白帝歌，事近於誣，虞姬答歌、蘇武妻答詩，詞近於時，類此者不敢從俗采入。

詩非談理，亦烏可悖理也。仲長統述志云：畔散五經，滅棄風雅。放恣不可問矣！類此者概所屏卻。

晉人子夜歌，齊梁人讀曲等歌，俚語俱趣，拙語俱巧，自是詩中别調。然雅音既遠，鄭衛雜興，君子弗尚也。愚於唐詩選本中，不收西崑香奩諸體，亦是此意。

新城王尚書向有古詩選本，抒文載實，極工裁擇。因五言七言分立界限，故三四言及長短雜句均在屏卻。兹特采録各體，補所未備。又王選五言兼取唐人，七言下及元代，兹從陶唐氏起，南北朝止，探其源不暇沿其流也。

詩之爲用甚廣。范宣討貳，爰賦摽梅；宗國無鳩，乃歌圻父。斷章取義，原無達詁也。箋釋評點，俱可無庸。爲學人啟塗徑，未能免俗耳。

書中徵引，宜録全文，緣疏通大義，匪同箋注，凡經史子集，時從删節，近於因陋就簡，識者諒諸。

德潛學識淺尠，於剬詩緝頌，略無所得。此書援據典實，通達奧義，得三益之功居多，參訂姓氏，詳列於簡。

歸愚沈德潛識

參訂姓氏

尤　珍　謹庸　長洲
王材任　子重　黄岡
計　默　希深　吳江
顧嗣立　俠君　長洲
李　崧　静山　無錫
王汝驤　雲衢　金壇
侯　銓　秉衡　嘉定
陳培脈　樹滋　長洲
張錫祚　永夫　吳縣
顧紹敏　嗣宗　長洲
孫　謨　丕文　江寧
劉　震　東郊　吳縣
張　畹　遜九　吳縣

施何牧　贊虞　崇明
楊　賓　可師　山陰
沈用濟　方舟　錢唐
杜　詔　紫綸　無錫
魏荔彤　念庭　柏鄉
方　還　蓂朔　番禺
陳祖范　亦韓　常熟
沈起元　子大　太倉
徐　夔　龍友　長洲
許廷鑅　子遜　長洲
朱弈恂　恭季　長洲
謝方連　皆人　宜興
張　鈇　少戈　吳縣

方　朝東華 番禺
李　果客山 長洲
尤　怡在京 吴縣
毛樹杞遇汲 吴縣
鄭思用元穉 吴縣
翁玉行靜子 江陰
彭啟豐翰文 長洲
顧詒禄禄百 長洲
陸世懋向直 太倉
朱受新念祖 吴縣

周永銓昇逸 長洲
汪　琇西京 常熟
周　遠少逸 吴縣
周　準欽萊 長洲
王之醇鶴書 崑山
江　銓上衡 新安
朱玉蛟雲友 長洲
江向燇青麓 長洲
沈　振超亭 長洲

門人

洪　鈞鳴佩 寧國
滑士麟苑祥 太倉
陳　魁經邦 長洲
俞元珏章成 長洲

尤秉元昭嗣 長洲
蔣　敦仁安 長洲
盧駿聲景程 吴縣

方外

震濟湘林　岑霽樾亭

德亮雪牀

目録

古詩源卷一

古逸

古詩源卷二

漢詩

古詩源卷三

古詩源卷四

漢詩

古詩源卷五

魏詩

古詩源卷六

魏詩

古詩源卷七

晉詩

古詩源卷八

晉詩

古詩源卷九

晉詩

古詩源卷十

宋詩

古詩源卷十一

宋詩

古詩源卷十二

齊詩

梁詩

古詩源卷十三

梁詩

古詩源卷十四

陳詩

北周詩 附

隋詩

古詩源卷一

古逸

擊壤歌

帝王世紀：帝堯之世，天下太和，百姓無事，有老人擊壤而歌。

日出而作。日入而息。鑿井而飲。耕田而食。帝力於我何有哉。帝堯以前，近於荒渺，雖有皇娥、白帝二歌，係王嘉僞撰，其事近誣，故以擊壤歌爲始。

康衢謡

列子：帝治天下五十年，不知天下治與不治與？億兆願戴己與？乃微服游於康衢，聞兒童謡云：

立我蒸民。莫匪爾極。不識不知。順帝之則。

伊耆氏蜡辭

禮記郊特牲云：伊耆氏始爲蜡。蜡者，索也。歲十二月，合聚萬物而索饗之也。祝辭曰：

土反其宅。水歸其壑。昆蟲毋作。草木歸其澤。末句言草木歸根於藪澤，不生於耕稼之土也。

堯戒

淮南子人間訓。

戰戰慄慄。日謹一日。人莫蹪于山。而蹪于垤。大聖人憂勤惕厲語。

卿雲歌

尚書大傳：舜將禪禹，於是俊乂百工，相和而歌卿雲。帝倡之，八伯咸稽首而和，帝乃載歌。

卿雲爛兮。糺同糾。縵縵兮。日月光華。旦復旦兮。「旦復旦」，隱寓禪代之旨。

八伯歌

明明上天。爛然星陳。日月光華。弘於一人。

帝載歌

日月有常。星辰有行。四時從經。萬姓允誠。於予論樂。配天之靈。遷於賢善。莫不咸聽。鼚乎鼓之。軒乎舞之。菁華已竭。褰裳去之。

南風歌

家語：舜彈五絃之琴，歌南風之詩，其詩曰：

南風之薰兮。可以解吾民之愠叶平。兮。南風之時兮。可以阜吾民之財兮。

禹玉牒辭

祝融司方發其英。沐日浴月百寶生。竟似歌行中名語，開後人奇警一派。

夏后鑄鼎繇

困學記聞云：太卜三兆，其頌皆千有二百，夏后鑄鼎繇云云。

逢逢白雲。一南一北。一西一東。九鼎既成。遷于三國。「北」與「國」爲韻，而以「一西一東」句間之，章法甚奇。

商銘

見國語。

嗛嗛之德。不足就也。不可以矜。而祇取憂也。嗛嗛之食。不足狃也。不能爲膏。而祇離咎也。嗛嗛，小貌。○轉以德居食先，此古人章法。

麥秀歌

史記：箕子朝周，過故殷墟，感宮室毀壞生禾黍，箕子傷之，欲哭則不可，欲泣爲其近婦人，乃作麥秀之詩以歌之。

麥秀漸漸兮。禾黍油油。彼狡童兮。不與我好兮。

采薇歌

史記：武王已平殷亂，天下宗周。伯夷叔齊恥之，義不食周粟，采薇首陽山，餓且死，作歌。

登彼西山兮。采其薇矣。以暴易暴兮。不知其非矣。神農虞夏。忽焉没兮。吾適安歸矣。吁嗟徂兮。命之衰矣。

盥盤銘

以下銘辭見大戴禮。

與其溺于人也。寧溺于淵。溺于淵猶可游也。溺于人不可救也。諸銘中，有切者，有不必切者，無非借器自儆。若句句黏著，便類後人詠物。

帶銘

火滅修容。慎戒必恭。恭則壽。語極古奥。「恭則壽」，所謂威儀定命也。

杖銘

惡乎危。於忿懥。惡乎失道。於嗜欲。惡乎相忘。於富貴。

衣銘

桑蠶苦。女工難。得新捐故後必寒。

筆銘

豪毛茂茂。陷水可脱。陷文不活。起句不入韻。

矛銘

造矛造矛。少間弗忍。終身之羞。余一人所聞。以戒後世子孫。末二句忽轉一韻，疊用兩句韻作結，唐人古體每每用之，其原蓋出於此。葛覃第三章、飯牛歌二章，亦同。

書　車　太平御覽引太公金匱：武王曰：「吾隨師尚父之言，因爲書銘。」

自致者急。載人者緩。取欲無度。自致而反。聖賢反己之學，不肯自恕。

書　户

出畏之。入懼之。

書　履

行必履正。無懷僥倖。

書　硯

石墨相著而黑。邪心讒言。無得汙白。

書　鋒

忍之須臾。乃全汝軀。與矛銘意同。

書杖

輔人無苟。扶人無咎。

書井

原泉滑滑。連旱則絶。取事有常。賦斂有節。書井忽然觸到賦斂，古人隨事寄託，不工肖物。

白雲謡

穆天子傳：乙丑，天子觴西王母於瑶池之上，西王母爲天子謡曰：

白雲在天。丘陖古「陵」字。自出。道里悠遠。山川閒之。將子無死。尚復能來。

祈招

左傳：楚子革云：「周穆王欲肆其心，周行天下，將皆必有車轍馬跡焉。祭公謀父作祈招之詩，以止王心。」

祈招之愔愔。式昭德音。思我王度。式如玉。式如金。形民之力。而無醉飽之心。

懿氏繇

左傳：陳大夫懿氏卜妻敬仲，其妻占之曰吉。詞曰：

鳳凰于飛。和鳴鏘鏘。有嬀之後。將育于姜。五世其昌。並于正卿。八世之後。莫之與京。

鼎銘

左傳：宋正考父佐戴、武、宣，三命滋益恭。其鼎銘云：

一命而僂。再命而傴。三命而俯。循牆而走。亦莫余敢侮。饘於是。鬻於是。以餬余口。人有卑屈而召侮者，莫余敢侮，方是主敬之驗。孔子亦云：「恭近於禮，遠恥辱也。」

虞箴

左傳：魏莊子謂晉侯曰：昔辛甲之爲太史，命百官箴王之闕，於虞人之箴曰：

芒芒禹跡。畫爲九州。經啟九道。民有寢廟。獸有茂草。各有攸處。德用不擾。在帝夷羿。冒于原獸。忘其國恤。而思其麀牡。武不可重。用不恢于夏家。叶姑。獸臣司原。敢告僕夫。起第三句入韻。

飯牛歌

淮南子：甯戚欲干齊桓公，困窮無以自達，於是爲商旅，將任車以商於齊，暮宿於郭門外。桓公迎郊客，夜開門，辟任車，爝火甚衆。戚飯牛車下，擊牛角而疾商歌。桓公聞之曰：「異哉，非常人也。」命後車載之，因授以政。

南山矸。音岸。白石爛。生不逢堯與舜禪。短布單衣適至骭。音幹。從昏飯牛薄夜半。長夜漫漫何時旦。「長夜」句感慨。滄浪之水白石粲。中有鯉魚長尺半。敝布單衣裁至骭。清朝飯牛至夜半。黄犢上坂且休息。吾將捨汝相齊國。出東門兮厲石班。上有松柏青且闌。麤布衣兮緼縷。時不遇兮堯舜主。牛兮努力食細草。大臣在爾側。吾當與汝適楚國。自命大臣，何等自負！適楚國，即後世北走胡、南走越意。戰國策士之習，已萌於此。

琴　歌

風俗通：百里奚爲秦相。堂上樂作，所賃浣婦自言知音，因撫弦而歌。問之，乃故妻也。

百里奚。五羊皮。憶别時。烹伏雌。炊扊扅。今日富貴忘我爲。

暇豫歌

國語：晉優施通於驪姬，姬欲害申生而難里克，乃飲里克酒。中飲，優施起舞曰：

暇豫之吾吾。不如鳥烏。人皆集于菀。己獨集于枯。

宋城者謳　左傳：鄭公子受命於楚，伐宋。宋師敗績，囚華元，宋人以兵車百乘、文馬四馴，贖華元於鄭。半入，華元逃歸。後宋城，華元爲植，巡功，城者謳以譏之。華元使驂乘者答之，役人又復歌之。

睅其目。皤其腹。棄甲而復。于思讀腮。于思。棄甲復來。

驂乘答歌

牛則有皮。犀兕尚多。棄甲則那。那，猶言「何害」也。

役人又歌

從其有皮。丹漆若何。答語亦滑稽。而役人之歌，滑稽更甚。

鸜鵒歌　左傳：魯文公之世童謡也。至昭公時，有鸜鵒來巢。公攻季氏，敗，出奔齊外野，次乾侯。八年，死於外，歸葬。昭公名稠。公子宋立，是爲定公。

鸜之鵒之。公出辱之。鸜鵒之羽。公在外野。往饋之馬。鸜鵒跦跦。公在乾侯。徵褰與襦。鸜鵒之巢。遠哉遥遥。稠父喪勞。宋父以驕。鸜鵒鸜鵒。往歌來哭。數十年後事，一一皆驗。○跦跦，跳行貌。褰，袴也。襦，在外短衣也。

澤門之晳謳

左傳：宋皇國父爲太宰，爲平公築臺於門，妨於農收。子罕請俟農功之畢，公弗許。築者謳曰：

澤門之晳。實興我役。邑中之黔。實慰我心。

忼慷歌

歌見孫叔敖碑，與史記滑稽傳所載相類。附録史記於此：楚相孫叔敖死，其子窮困負薪。優孟憐之，即爲孫叔敖衣冠，抵掌談語。歲餘，像孫叔敖。楚王置酒，優孟前爲壽。王大驚，以爲孫叔敖復生也，欲以爲相。優孟曰：「楚相不足爲也。孫叔敖爲相，盡忠爲廉，王得以伯。今死，其子貧負薪。必如孫叔敖，不如自殺。」因歌云云。王乃召孫叔敖子，封之寢丘。

貪吏而不可爲而可爲。廉吏而可爲而不可爲。貪吏而不可爲者。當時有汙名。而可爲者。子孫以家成。廉吏而可爲者。當時有清名。而不可爲者。子孫困窮被褐而負薪。貪吏常苦富。廉吏常苦貧。獨不見楚相孫叔敖。廉潔不受錢。將廉吏之不可爲説透，而主意於末一語綴出。情深語竭，楚王聽之，不覺自入。

子産誦二章

左傳：子産從政一年，輿人誦之云云。及三年，又誦之云云。

取我衣冠而褚之。取我田疇而伍之。孰殺子産。吾其與之。

我有子弟。子産誨之。我有田疇。子産殖音治。之。子産而死。誰其嗣之。

孔子誦二章

家語：孔子始用於魯，魯人鷖誦之云云。及三月，政成，化既行，又誦之云云。

麛裘而韠。投之無戾。韠之麛裘。投之無郵。

衮衣章甫。實獲我所。章甫衮衣。惠我無私。

去魯歌

史記：孔子相魯，魯大治。齊人歸女樂，季桓子受之，三日不聽政。郊，又不致膰於大夫。孔子遂行。歌曰：

彼婦之口。可以出走。彼婦之謁。可以死敗。蓋優哉游哉。維以卒歲。

蟪蛄歌

說苑：孔子歌云云，政尚靜而惡譁也。

違山十里。蟪蛄之聲。猶尚在耳。史記云：魯之衰也，洙泗之間，蓋齗齗如也。即惡譁之意。

臨河歌

水經注：孔子適趙，臨河不濟，歎而作歌。

狄水衍兮風揚波。舟楫顛倒更相加。歸來歸來胡爲斯。狄，水名。在臨濟。舊作「秋」，誤。

楚聘歌

孔叢子：楚王使使奉金幣聘夫子。宰予、冉有曰：「夫子之道，至是行矣。」遂請見。問曰：「太公勤身苦志，八十而遇文王，孰與許由之賢？」子曰：「許由獨善其身者也，太公兼利天下者也。然今世無文王，雖有太公，孰能識之？」歌曰：

大道隱兮禮爲基。賢人竄兮將待時。天下如一兮欲何之。

獲麟歌

孔叢子：叔孫氏之車子鉏商樵於野而獲麟焉，衆莫之識，以爲不祥。夫子往觀焉，泣曰：「麟也。麟出而死，吾道窮矣。」歌云云。

唐虞世兮麟鳳遊。今非其時來何求。麟兮麟兮我心憂。和平語入人自深，此聖人之言也。

龜山操

琴操：季桓子受齊女樂，孔子欲諫不得，退而望魯龜山作歌，喻季之蔽魯也。

予欲望魯兮。龜山蔽之。手無斧柯。奈龜山何。所以七日誅少正卯也，故知聖人不尚姑息。

盤　操

琴操。

乾澤而漁。蛟龍不遊。覆巢毁卵。鳳不翔留。慘予心悲。還原息陬。

水仙操

琴苑要録：水仙操，伯牙所作也。伯牙學琴於成連，三年而成。至於精神寂漠，情之專一，未能得也。成連曰：「吾之學，不能移人之情。吾師有方子春，在東海中。」乃齎糧從之。至蓬萊山，留伯牙曰：「吾將迎吾師。」刺船而去，旬時不返。伯牙心悲，延頸四望，但聞海水汩没，山林窅冥，群鳥悲號，仰天歎曰：「先生將移我情。」乃援琴而作歌。

繄洞渭兮流澌濩。舟楫逝兮仙不還。移形素兮蓬萊山。歍欽傷宮仙不還。歍，音烏。「歍欽」未詳，伯姬引亦用「歍欽」字。○一序已盡琴理，歌辭略見大意。

接輿歌

事見莊子。論語所載大同小異。

鳳兮鳳兮。何如德之衰也。來世不可待。往世不可追也。天下有道。聖人成焉。天下無道。聖人生焉。方今之時。僅免刑焉。福輕乎羽。莫之知載。禍重乎地。莫之知避。已乎已乎。臨人以德。殆乎殆乎。畫地而趍。音促。迷陽迷陽。無傷吾行。吾行卻曲。無傷吾足。聖人生焉，謂徒生於世也。○迷陽，草名。其膚多刺，故曰「無傷」云云。

成人歌

檀弓：成人有其兄死而不爲衰者，聞高子皋爲成宰，遂爲衰。成人歌曰：

蠶則績而蟹有匡。范則冠而蟬有緌。兄則死而子皋爲之衰。成，魯邑名。匡，蟹背殼似匡也。范，蜂也。緌，謂蟬喙，長在腹下。此嗤兄死者，其衰之不爲兄也。

漁父歌

吳越春秋：伍員奔吳，追者在後。至江，江中有漁父，子胥呼之。漁父欲渡，因歌云云。子胥止蘆之漪，漁父又歌云云。既渡，漁父視之有飢色，曰：「爲子取餉。」漁父去，子胥疑之，乃潛深葦之中。父來，持麥飯、鮑魚羹、盎漿，求之不見，因歌而呼之云云。子胥出，飲食畢，解百金之劍以贈。漁父不受。問其姓名，不答。子胥誡漁父曰：「掩子之盎漿，無令其露。」漁父諾。胥行數步，漁者覆船自沉於江。

日月昭昭乎寖已馳。與子期乎蘆之漪。日已夕兮。予心憂悲。月已馳兮。何不渡爲。事寖急兮將奈何。蘆中人。豈非窮士乎。合上章爲韻，其聲愈促。

偕隱歌

琴清英云：祝牧與其妻偕隱，乃作歌。

天下有道。我黻子佩。天下無道。我負子戴。

徐人歌

劉向新序：延陵季子將聘晉，帶寶劍。徐君不言，而色欲之。季子未獻也，然其心已許之。使反，而徐君已死，季子於是以劍帶徐君墓樹而去。徐人爲之歌。

延陵季子兮不忘故。脱千金之劍兮帶丘墓。

越人歌

劉向説苑：鄂君子晳泛舟於新波之中，乘青翰之舟，張翠蓋，會鐘鼓之音，越人擁楫而歌，於是鄂君乃揄修袂，行而擁之，舉繡被而覆之。

今夕何夕兮、搴洲中流。今日何日兮、得與王子同舟。蒙羞被好兮、不訾詬恥。心幾煩而不絶兮、得知王子。山有木兮木有枝。心説君兮君不知。與「思公子兮未敢言」同一婉至。

越謠歌

風土記：越俗性率朴，初與人交，有禮，封土壇，祭以犬雞，祝曰：

君乘車。我戴笠。他日相逢下車揖。君擔簦。我跨馬。他日相逢爲君下。

琴　歌

列女傳：齊人杞梁殖襲莒，戰死。其妻哭於城下，七日而城崩。故琴操云：殖死，其妻援琴作歌曰：

樂莫樂兮新相知。悲莫悲兮生別離。

靈寶謠

靈寶要略：吴王闔閭出遊包山，見一人，自言姓山名隱居。闔閭扣之，乃入洞庭，取素書一卷呈闔閭。其文不可識，令人齎之問孔子。孔子曰：「丘聞童謠」云云。

吴王出遊觀震湖。龍威丈人山隱居。北上包山入靈墟。乃入洞庭竊禹書。天地大文不可舒。此文長傳百六初。若强取出喪國廬。

吴夫差時童謠

述異記：吴王有別館在句容，楸梧成林，故名梧宮。或云即館娃宮。宮有梧桐園。

梧宮秋。吴王愁。國家愁慘之狀，盡於六字中，不啻聞雍門之彈矣。秋，隱語也。

烏鵲歌

彤管集：韓憑爲宋康王舍人。妻何氏美，王欲之，捕舍人，築青陵之臺。何氏作烏鵲歌以見志，遂自縊。

南山有烏。北山張羅。烏自高飛。羅當奈何。

烏鵲雙飛。不樂鳳凰。妾是庶人。不樂宋王。妙在質直。唐孟郊列女操：「波瀾誓不起，妾心井中水。」此一種也。

答夫歌

其雨淫淫。河大水深。日出當心。王得詩，以問蘇賀。賀曰：「雨淫淫，愁且思也。河水深，不得往來也。日當心，死志也。」〇語特奇創。

越群臣祝

吴越春秋：越王勾踐五年，與大夫種、范蠡入臣於吴，群臣送之浙江之上。臨水祖道，軍陣固陵，大夫前爲祝，詞曰：

皇天祐助。前沈後揚。禍爲德根。憂爲福堂。威人者滅。服從者昌。王離牽致。其後無殃。君臣生離。感動上皇。衆夫悲哀。莫不感傷。臣請薄脯。酒行二觴。「前沈後揚」，吴越初終，盡此四字。

大王德壽。無疆無極。乾坤受靈。神祇輔翼。我王厚之。祉祐在側。德銷百殃。利受其福。去彼吴庭。來歸越國。

祝越王辭

吴越春秋：越王既滅吴，伯諸侯，置酒文臺，群臣爲樂。大夫種進祝酒，詞曰：

皇天祐助。我王受福。良臣集謀。我王之德。宗廟輔政。鬼神承翼。「君不忘臣。臣盡其力」，上天蒼蒼。不可掩塞。觴酒二升。萬福無極。「君不忘臣，臣盡其力」，恐君臣之不終，故有此語。

我王仁賢。懷道抱德。滅讐破吴。不忘返國。賞無所恡。群邪杜塞。君臣同和。福祐千億。觴酒二升。萬歲難極。

彈歌

吴越春秋：越王欲謀伐吴，范蠡進善射者陳音，王問曰：「孤聞子善射，道何所生？」對曰：「臣聞弩生於弓，弓生於彈。彈起於古之孝子，不忍見父母爲禽獸所食，故作彈以守之。」歌曰：

斷竹。續竹。飛土。逐宍。宍，古肉字。○二字爲句。○劉勰云：「斷竹黄歌，質之至也〔一〕。」

穰田者祝

史記：齊威王使淳于髡於趙，請兵禦楚。齎金百斤，車馬十駟。髡仰天大笑，冠纓索絶。王曰：「先生少之乎？」髡曰：「臣從東方來，見道旁穰田者，操豚蹄，酒一盂而祝云云。臣見所持者狹，而所欲者奢，故笑之。」

甌窶音樓。滿篝。污邪滿車。五穀蕃熟。穰穰滿家。甌窶，少意。篝，籠也。言少者猶滿篝也。污邪，下田也。○詞極古茂。起二語亦可二字成句，詩「蝃蝀在東」同此。

巴謠歌

茅盈内傳：秦始皇三十一年，九月庚子，茅盈高祖濛於華山之中，乘雲駕鶴，白日昇天。先是時有巴謠歌辭云云，始皇聞謠歌而問其故，父老具對曰：「此仙人之謠歌，勸帝求長生之術。」于是始皇欣然，乃有尋仙之志，因改臘月「嘉平」。

神仙得者茅初成。駕龍上昇入太清。時下玄洲戲赤城。繼世而往在我盈。帝若學之臘嘉平。

渡易水歌

史記：燕太子丹使荆軻刺秦王。至易水之上，既祖取道，高漸離擊筑，荆軻和而歌，爲變徵之聲，士皆垂淚涕泣。又前而歌曰：

〔一〕質，原作「賢」，據文心雕龍通變篇改。

風蕭蕭兮易水寒。壯士一去兮不復還。至今讀之，猶存變徵之聲。

三秦記民謡

武功太白。去天三百。孤雲兩角。去天一握。山水險阻。黄金子午。蛇盤烏櫳。勢與天通。奇奥。

楚人謡

史記：楚懷王爲張儀所欺，客死於秦。至王負芻，遂爲秦所滅，百姓哀之。

楚雖三户。亡秦必楚。哀痛激烈，比松柏之歌尤甚。

河圖引蜀謡

汶阜之山。江出其腹。帝以會昌。神以建福。

湘中漁歌

帆隨湘轉。望衡九面。禹貢：「夾右碣石，入于河。」簡而能達，不圖此復遇之。

太公兵法引黄帝語 以下古逸諧語。

日中不彗。是謂失時。操刀不割。失利之期。執柯不伐。賊人將來。涓涓不塞。將爲江河。熒熒不救。炎炎奈何。兩葉不去。將用斧柯。爲虺弗摧。行將爲蛇。「兩葉不去」二句，古人未嘗不造句也。○不必果出黄帝，然其語可録。

六　韜

天下攘攘。皆爲利往。天下熙熙。皆爲利來。

管　子

牆有耳。伏寇在側。

左傳引逸詩

翹翹車乘。招我以弓。豈不欲往。畏我友朋。陳敬仲引。○難進之思凛然。

俟河之清。人壽幾何。兆云詢多。職競作羅。鄭子駟引。

雖有絲麻。無棄菅蒯。雖有姬姜。無棄蕉萃。同顦顇。凡百君子。莫不代匱。見子重伐莒篇。

左傳

山有木。工則度之。賓有禮。主則擇之。魯羽父引周諺。

心苟無瑕。何恤乎無家。晉士蔿引諺。

畏首畏尾。身其餘幾。鄭子家引古言。

雖鞭之長。不及馬腹。晉伯宗引古語。

國語

獸惡其網。民怨其上。單襄公引諺。

衆心成城。衆口鑠金。州鳩對周景王引諺。

從善如登。從惡如崩。衛彪傒引諺。

孔子家語

相馬以輿。相士以居。英雄短氣。

列子

生相憐。死相捐。楊朱篇引諺。

人不婚宦。情欲失半。人不衣食。君臣道息。古語。

韓非子

奔音債。車之上無仲尼。覆舟之下無伯夷。

慎子

不聰不明。不能爲王。不瞽不聾。不能爲公。要知聰明聾瞽，並行不悖。冕而前旒，黈纊塞耳，亦不專主聰明也。

魯連子

心誠憐。白髮玄。情不怡。豔色媸。

戰國策

寧爲雞口。無爲牛後。蘇秦爲趙合從説韓曰：「聞之鄙語」云云。○一云：雞尸牛從，尸，主也；從，牛子也。

削株掘根。無與禍鄰。禍乃不存。張儀説秦：「臣聞之」云云。

史　記　下俱漢以後矣。因衆人稱引，按之時代，未能皆有所屬，故亦入「古逸」中。

蓬生麻中。不扶自直。白沙在泥。與之皆黑。與「芝蘭」「鮑魚」同意。

當斷不斷。反受其亂。黄歇傳贊引語。

長袖善舞。多錢善賈。蔡澤傳，太史公引韓非語。

農不如工。工不如商。刺繡文。不如倚市門。貨殖傳。

漢　書

狡兔死。走狗烹。飛鳥盡。良弓藏。敵國破。謀臣亡。韓信傳。

不習爲吏。視已成事。賈誼引鄙諺。

水至清則無魚。人至察則無徒。東方朔客難。

千人所指。無病而死。王嘉上封事諫成帝益封董賢，引里諺云。○比「高明之家，鬼瞰其室」，及「美服患人指」等語，更爲可危可懼。一能勝予，況千人乎！

列女傳引古語

力田不如遇豐年。力桑不如見國卿。刺繡文不如倚市門。

説苑

緜緜之葛。在于曠野。良工得之。以爲絺紵。良工不得。枯死于野。

劉向別録引古語

脣亡而齒寒。河水崩其壞在山。

新序

蠹喙仆柱梁。蚊芒走牛羊。

風俗通

狐欲渡河。無奈尾何。「小狐汔濟，濡其尾」，更爲古奥。

婦死腹悲。惟身知之。
縣宮漫漫。怨死者半。
金不可作。音做。世不可度。點破秦皇漢武。

桓子新論引諺

人聞長安樂。則出門而西向笑。知肉味美。則對屠門而大嚼。

牟子引古諺 東漢牟融。

少所見。多所怪。見橐駝言馬腫背。謔語使讀者失笑。

易緯引古詩

一夫兩心。拔刺不深。可反證「同心斷金」。
躓馬破車。惡婦破家。

四民月令引農語 東漢崔實撰。

三月昏。參星夕。杏花盛。桑葉白。
河射角。堪夜作。犂星没。水生骨。

月令注引里語

蜻蛉鳴。衣裘成。蟋蟀鳴。懶婦驚。

水經注引諺

射的白。斛米百。射的玄。斛米千。射的，山名。遠望狀若射侯，土人以驗年之登否。

山經引相冢書

山川而能語。葬師食無所。肺腑而能語。醫師色如土。

文選注引古諺

越阡度陌。互爲主客。

魏志王昶引諺

救寒無若重裘。止謗莫若自修。

梁　史

屋漏在上。知之在下。

史照通鑑疏引諺

足寒傷心。民怨傷國。

古諺古語

觸露不掐葵。日中不翦韭。

將飛者翼伏。將奮者足跼。將噬者爪縮。將文者且樸。

上求材。臣殘木。上求魚。臣乾谷。上可以多求乎！造句簡古。

無鄉之社。易爲黍肉。無國之稷。易爲求福。

古詩源卷二

漢詩

高帝

大風歌

史記：高祖既定天下，還過沛，留置酒沛宫，悉召故人父老子弟佐酒。發沛中兒，得百二十人，教之歌。酒酣，上擊筑自歌曰：

大風起兮雲飛揚。威加海内兮歸故鄉。安得猛士兮守四方。上言掃除群雄，末言守成也。○時帝春秋高，韓彭已誅，而孝惠仁弱，人心未定。思「猛士」，其有悔心乎？

鴻鵠歌

史記：高帝欲立戚夫人子趙王如意，後不果。戚夫人涕泣，帝曰：「爲我楚舞，我爲若楚歌。」其旨言太子得四皓爲輔，羽翼成就，不可易也。

鴻鵠高飛。一舉千里。羽翼已就。横絶四海。横絶四海。又可奈何。雖有繒繳。將安所施。

項羽

垓下歌

史記：漢圍項羽垓下，夜聞漢軍皆楚歌，驚曰：「漢皆已得楚乎？」起飲帳中。有美人虞常從，駿馬名騅常騎之，乃悲歌慷慨。歌數闋，美人和之。

力拔山兮氣蓋世。時不利兮騅不逝。騅不逝兮可奈何。虞兮虞兮奈若何。「可奈何」，「奈若何」，嗚咽纏綿，從古真英雄必非無情者。○虞姬和歌竟似唐絶句矣，故不録。

唐山夫人

高帝姬。韋昭曰：「唐山，姓也。」

安世房中歌

漢書禮樂志曰：漢房中祠樂，高祖唐山夫人所作也。

大孝備矣。休德昭明。高張四縣。同懸。樂充宫庭。芬樹羽林。雲景杳冥。金支秀華。庶旄翠旌。末四句幽光靈響，不專以典重見長。

七始華始。肅倡和聲。神來晏娭。同嬉。庶幾是聽。鬻音竹。鬻音送。細齊人情。忽乘青玄。熙事備成。清思聊音有。聊。經緯冥冥。「鬻鬻」二語，寫樂音深静，可補樂記所缺。

我定曆數。人告其心。敕身齊戒。施教申申。乃立祖廟。敬明尊親。大矣孝熙。四極爰輳。

王侯秉德。其鄰翼翼。顯明昭式。清明鬯矣。皇帝孝德。竟全大功。撫安四極。

海内有姦。紛亂東北。詔撫成師。武臣承德。行樂交逆。簫勺群慝。肅爲濟哉。蓋定燕國。

大海蕩蕩水所歸。高賢愉愉民所懷。太山崔。百卉殖。民何貴。貴有德。以下忽焉變調，或急或緐，各極音節之妙。

安其所。樂終産。樂終産。世繼緒。飛龍秋。遊上天。高賢愉。樂民人。

豐草葽。女蘿施。善何如。誰能回。大莫大。成教德。長莫長。被無極。此章忽用比興。

雷震震。電耀耀。明德鄉。治本約。治本約。澤弘大。加被寵。咸相保。施德大。世曼壽。

都茘遂芳。窅窊桂華。孝奏天儀。若日月光。乘玄四龍。回馳北行。羽旄殷盛。芬哉芒芒。孝道隨世。我署文章。孝道隨世，中庸所云「達孝」也。

馮馮翼翼。承天之則。吾易久遠。燭明四極。慈惠所愛。美若休德。杳杳冥冥。克綽永福。

磑音位。磑即即。師象山則。嗚呼孝哉。案撫戎國。蠻夷竭懽。象來致福。兼臨是愛。終無兵革。禮樂志曰：磑磑，崇積也。即即，充實也。
嘉薦芳矣。告靈饗矣。告靈既饗。德音孔臧。惟德之臧。建侯之常。承保天休。令問不忘。
皇皇鴻明。蕩侯休德。嘉承天和。伊樂厥福。在樂不荒。惟民之則。浚則師德。下民咸殖。令問在舊。孔容翼翼。規語得體。
孔容之常。承帝之明。下民之樂。子孫保光。承順温良。受帝之光。嘉薦令芳。壽考不忘。
承帝明德。師象山則。雲施稱民。永受厥福。承容之常。承帝之明。下民安樂。受福無疆。郊廟歌近頌，房中歌近雅，古奧中帶和平之音，不膚不庸，有典有則，是西京極大文字。○首言「大孝備矣」，以下反反覆覆，屢稱孝德，漢朝數百年家法，自此開出。累代廟號，首冠以「孝」，有以也。

朱虚侯章

耕田歌

史記：諸吕擅權，章忿劉氏不得職。嘗入侍晏，太后令爲酒吏，章曰：「臣，將種也。請以軍法行酒。」太后曰：「可。」酒酣，章乃作耕田歌。頃之，諸吕有一人醉亡酒，章追拔劍斬之。太后大驚。業已許其軍法，無以罪也。

深耕溉種。立苗欲疏。非其種者。鉏而去之。

紫芝歌

古今樂録：四皓隱於商山作歌。

莫莫高山。深谷逶迤。曄曄紫芝。可以療飢。唐虞世遠。吾將何歸。駟馬高蓋。其憂甚大。富貴之畏人兮。不若貧賤之肆志。

武帝

瓠子歌二首

史記：元封二年，帝既封禪，乃發卒萬人，塞瓠子決河。還自臨祭，令群臣從官皆負薪。時東郡燒草薪少，乃下淇園之竹以爲楗。上既臨河決，悼其功之不就，爲作歌二章。於是卒塞瓠子，築宮名曰宣房。

瓠子決兮將奈何。浩浩洋洋兮慮殫爲河。殫爲河兮地不得寧。功無已時兮吾音魚。山平。吾山平兮鉅野溢。魚弗鬱兮柏同迫。冬日。正道弛兮離常流。蛟龍騁兮放遠遊。歸舊川兮神哉沛。不封禪兮安知外。爲我謂河伯兮何不仁。泛濫不止兮愁吾人。齧桑浮兮淮泗滿。久不返兮水維緩。齧桑，縣名。

河湯湯兮激潺湲。北渡回兮迅流難。搴長茭兮湛音沈。美玉。河伯許兮薪不屬。薪不屬兮衛人罪。燒蕭條兮噫乎何以禦水。隤林竹兮揵石菑。宣防塞兮萬福來。好大喜功之舉，不無畏天憂世之心。文章古奧，自是西京氣象。

秋風辭

漢武帝故事：帝行幸河東，祠后土。顧視帝京，忻然中流。與群臣飲讌，自作秋風詞。

秋風起兮白雲飛。草木黄落兮雁南歸。蘭有秀兮菊有芳。懷佳人兮不能忘。汎樓船兮濟汾河。横中流兮揚素波。簫鼓鳴兮發棹歌。歡樂極兮哀情多。少壯幾時兮奈老何。離騷遺響。○文中子謂：「樂極哀來，其悔心之萌乎？」

李夫人歌

漢書外戚傳：夫人早卒，方士齊少翁言能致其神。乃夜張燈燭，設帷帳，令帝居帳中。遥望見好女如李夫人之貌，不得就視。帝愈悲感，爲作詩：

是耶非耶。立而望之。翩何姗姗其來遲。

柏梁詩

元封三年，作柏梁臺。詔群臣二千石，有能爲七言詩乃得上坐。

日月星辰和四時。帝。驂駕駟馬從梁來。梁孝王武。郡國士馬羽林材。大司馬。總領天下誠難治。丞相石慶。和撫四夷不易哉。大將軍衛青。刀筆之吏臣執之。御史大夫倪寬。撞鐘伐鼓聲中詩。太常周建德。宗室廣大日益滋。宗正劉安國。周衛交戟禁不時。衛尉路博德。總領從宗柏梁臺。光禄勳徐自爲。平理清讞決嫌疑。廷尉杜周。修飾輿馬待駕來。太僕公孫賀。郡國吏功差次之。大鴻臚壺充國。乘輿御物主治之。少府王温舒。陳粟萬石揚以箕。大司農張成。徼道宮下隨討治。執金吾中尉豹。三輔盜賊天下危。左馮翊盛宣。盜阻南山爲民災。右扶風李成信。外家公主不可治。京兆尹。椒房率更領其材。詹事陳掌。蠻夷朝賀常舍其。典屬國。柱枅欂櫨相枝持。大匠。枇杷橘栗桃李梅。大官令。走狗逐兔張罘罳。上林令。齧妃女脣甘如飴。郭舍人。迫窘詰屈幾窮哉。東方朔。〇此七言古權輿，亦後人聯句之祖也。武帝句，帝王氣象。以下難追後塵矣，存之以備一體。〇篇中三「之」字，三「治」字，二「哉」字，二「時」字，二「材」字，古人作詩，不忌重複。且如三百篇株林一詩，四句中連用二「林」字，二「南」字，采薇首章連用「玁狁之故」句，此類不可勝數。〇三秦記謂柏梁臺詩是元封三年作。然梁孝王薨於孝景之世。又光禄勳、大鴻臚、大司農、執金吾、京兆尹、左馮翊、右扶風，皆武帝太初元年所更名，不應預書於元封之時，其爲後人擬作無疑也。不然，大君之前，郭舍人敢狂蕩無禮，而東方朔以滑稽語爲戲耶？

落葉哀蟬曲

王子年拾遺記：漢武帝思李夫人，不可復得。時穿昆靈之池，泛翔禽之舟，帝自造歌曲，使女伶歌之。時日已西頹，涼風激水，女伶歌聲甚遒，因賦落葉哀蟬曲。

羅袂兮無聲。玉墀兮塵生。虛房冷而寂寞。落葉依于重扃。望彼美之女兮。安得感余心之未寧。

蒲梢天馬歌

史記：武帝伐大宛，得千里馬名蒲梢，作此歌。

天馬徠古來字。兮從西極。經萬里兮歸有德。承靈威兮降外國。涉流沙兮四夷服。

韋孟

諷諫詩

漢書：孟爲元王傅，傅子夷王及孫王戊。戊荒淫不遵道，作詩諷諫曰：

肅肅我祖。國自豕韋。黼衣朱紱。四牡龍旂。彤弓斯征。撫寧遐荒。總齊群邦。以翼大商。迭彼大彭。勳績維光。至于有周。歷世會同。王赧聽譖。實絶我邦。我邦既絶。厥政斯逸。賞罰之行。非由王室。庶尹群后。靡扶靡衛。五服崩離。宗周以墜。我祖斯微。遷于彭城。在予小子。勤唉音移。厥生。阨此嫚秦。耒耜斯耕。悠悠嫚秦。上天不寧。乃眷南顧。授漢于京。於赫有漢。四方是征。靡適不懷。萬國攸平。乃命厥弟。建侯于楚。俾我小臣。惟傅是輔。矜矜元王。恭儉靜一。惠此黎民。納彼輔弼。享國漸世。垂烈于後。迺及夷王。克奉厥緒。咨命不永。惟王統祀。左右陪臣。斯惟皇士。如何我王。不思守保。不惟履冰。以繼祖考。邦事是廢。逸遊是娛。犬馬悠悠。是放是驅。務此鳥獸。忽此稼苗。蒸民以匱。我王以媮。音愉。所弘匪德。所親匪俊。惟囿是恢。惟諛是信。睮睮以朱切。諂夫。諤諤黃髮。如何我王。曾不是察。既藐下臣。追欲縱逸。嫚彼顯祖。輕此削黜。嗟嗟我王。漢之睦親。曾不夙夜。以休令聞。穆穆天子。照臨下土。明明群司。執憲靡顧。正遐由近。殆其兹怙。嗟嗟我王。曷不斯思。匪思匪監。嗣其罔則。彌彌其逸。岌岌其國。致冰匪霜。致墜匪嫚。瞻惟我王。時靡不練。興國救顛。孰違悔過。追思黃髮。秦穆以霸。歲月其徂。年其逮耈。於赫君子。庶顯于後。我王如何。曾不斯覽。黃髮不近。胡不時鑒。「迭彼大彭」，迭，互也。言與大彭互爲伯于商也。○唉，歎聲。○漸世，没世也。○「惟王統祀」以上，歷敘廢興，即寓諷諫之意。○睮睮，目媚貌。○「穆穆天子」六句，言天子之明，群臣之執法，欲正遠人，先從近始，而王怙恃不悛，危殆無日矣。○「致冰匪霜」二句，言致冰豈非由霜乎？致墜豈非由嫚乎？○「瞻惟我王」下，望其改過之詞。練，習也。言王於上之所言，無不練習也。○肅肅穆穆，漢詩中有此拙重之作，去變雅未遠，後張華二陸潘岳輩四言，慨慨欲息矣。故悉汰之。

東方朔

誡子詩

漢書取前十句爲東方贊。

明者處世。莫尚于中。優哉游哉。於道相從。首陽爲拙。柳下爲工。飽食安步。以仕代農。依隱翫世。詭時不逢。才盡身危。好名得華。有群累生。孤貴失和。遺餘不匱。自盡無多。聖人之道。一龍一蛇。形見神藏。與物變化。隨時之宜。無有常家。言有群孤貴皆失，以其有常家也。東方先生一生得力，盡在乎此。

烏孫公主

悲愁歌

漢書西域傳：元封中，遣江都王建女細君爲公主，以妻烏孫昆莫。昆莫年老，語不通，公主悲，乃自作歌：

吾家嫁我兮天一方。遠託異國兮烏孫王。穹廬爲室兮氈爲牆。以肉爲食兮酪爲漿。常思漢土兮心内傷。願爲黄鵠兮還故鄉。

司馬相如

封禪頌

史記：長卿病甚，武帝使所忠往求其書，及至，已卒。其妻曰：「長卿未死時爲一卷書，曰：『有使來求書奏之。』」其遺札言封禪事，所忠奏焉。

自我天覆。雲之油油。甘露時雨。厥壤可遊。滋液滲漉。何生不育。嘉穀六穗。我穡曷蓄。非惟雨之。又潤澤之。非惟徧之。我氾布濩之。萬物熙熙。懷而慕思。名山顯位。望君之來。君乎君乎。侯不邁哉。般般之獸。樂我君囿。白質黑章。其儀可嘉。旼旼穆穆。君子之能。乃平聲。蓋聞其聲。今觀其來。厥塗靡蹤。天瑞之徵。兹亦于舜。虞氏以興。濯濯之麟。游彼靈畤。孟冬十月。君徂郊祀。馳我君輿。帝用享祉。三代之前。蓋未嘗有。宛宛黄龍。興德而升。采色炫燿。熿炳煇煌。正陽顯見。覺悟黎蒸。於傳載之。云受命所乘。厥之有章。不必諄諄。依類託寓。諭以封巒。「非惟雨之」四語，蓋聞其聲。二語悠揚生動，不專以古拙勝也。後述祥瑞三段，井井有法。

卓文君

白頭吟

西京雜記：相如將聘茂陵女爲妾，文君作白頭吟以自絶，相如乃止。

皚如山上雪。皎若雲間月。聞君有兩意。故來相決絶。今日斗酒會。明旦溝水頭。躞蹀御溝上。溝水東西流。淒淒復淒淒。嫁娶不須啼。願得一心人。白頭不相離。竹竿何嫋嫋。魚尾何簁簁。男兒重意氣。何用錢刀爲。

蘇　武

蘇李詩一唱三歎，感寤具存，無急言竭論，而意自長，言自遠也。故知龐言繁稱，道所不貴。

詩四首

首章別兄弟，次章別妻，三、四章別友，非皆別李陵也。鍾竟陵俱解作別陵，未必然。

骨肉緣枝葉。結交亦相因。四海皆兄弟。誰爲行路人。況我連枝樹。與子同一身。昔爲鴛與鴦。今爲參與辰。昔者長相近。邈若胡與秦。惟念當離別。恩情日以新。鹿鳴思野草。可以喻嘉賓。我有一罇酒。欲以贈遠人。願子留斟酌。敘此平生親。盧子諒云：「恩由契闊申，義隨周旋積。」奪胎於「恩情日以新」句，而此殊渾然。〇兩「人」字複韻。

結髮爲夫妻。恩愛兩不疑。歡娛在今夕。燕婉及良時。征夫懷遠路。起視夜何其。參辰皆已没。去去從此辭。行役在戰場。相見未有期。握手一長歎。淚爲生別滋。努力愛春華。莫忘歡樂時。生當復來歸。死當長相思。兩「時」字複韻。

黃鵠一遠別。千里顧徘徊。胡馬失其群。思心常依依。何況雙飛龍。羽翼臨當乖。幸有絃歌曲。可以喻中懷。請爲遊子吟。泠泠一何悲。絲竹厲清聲。慷慨有餘哀。長歌正激烈。中心愴以摧。欲展清商曲。念子不能歸。俛仰内傷心。淚下不可揮。願爲雙黃鵠。送子俱遠飛。

燭燭晨明月。馥馥秋蘭芳。芬馨良夜發。隨風聞我堂。征夫懷遠路。遊子戀故鄉。寒冬十二月。晨起踐嚴霜。俯觀江漢流。仰視浮雲翔。良友遠别離。各在天一方。山海隔中州。相去悠且長。嘉會難再遇。歡樂殊未央。願君崇令德。隨時愛景光。寫情款款，淡而彌悲。連上首應是贈李作。

李陵

與蘇武詩三首

良時不再至。離别在須臾。屏營衢路側。執手野踟躕。仰視浮雲馳。奄忽互相踰。風波一失所。各在天一隅。長當從此别。且復立斯須。欲因晨風發。送子以賤軀。一片化機，不關人力，此五言詩之祖也。〇音極和，調極諧，字極穩，然自是漢人古詩，後人摹倣不得，所以爲至。〇唐人句云：「孤雲與飛鳥，相失片時間。」推爲名句。讀「奄忽互相踰」句，高下何止倍蓰耶！

嘉會難再遇。三載爲千秋。臨河濯長纓。念子悵悠悠。遠望悲風至。對酒不能酬。行人懷往路。何以慰我愁。獨有盈觴酒。與子結綢繆。

攜手上河梁。遊子暮何之。徘徊蹊路側。悢音亮。悢不得辭。行人難久留。各言長相思。安知非日月。弦望自有時。努力崇明德。皓首以爲期。此别永無會期矣，卻云弦望有時，纏綿溫厚之情也。〇「努力崇明德」，正與「願君崇令德」二語相答。

別　歌

漢書：昭帝即位，匈奴與漢和親，漢使求蘇武等，單于許武還。李陵置酒賀武，因起舞而歌，泣下數行，遂與武決。

徑萬里兮度沙漠。爲君將兮奮匈奴。路窮絶兮矢刃摧。士衆滅兮名已隤。老母已死。雖欲報恩將安歸。

李延年

歌一首

漢書：李延年性知音律，善歌舞，武帝愛之。延年起舞而歌云云，上歎息曰：「世豈有此人乎！」平陽主因言延年有女弟。上召見之，妙麗善舞，由是得幸。

北方有佳人。絶世而獨立。一顧傾人城。再顧傾人國。寧不知傾城與傾國。佳人難再得。欲進女弟，而先爲此歌，倡優下賤之技也。然寫情自深，古來破家亡國，何必皆庸愚主耶！

燕剌王旦

漢書：旦自以武帝子，且長，不得立，乃與姊蓋長公主、左將軍上官桀交通，謀廢立。事覺，昭帝使使者賜璽書，王以綬自絞，夫人隨旦自殺者二十餘人。

歌

歸空城兮。狗不吠。雞不鳴。横術何廣廣兮。固知國中之無人。

華容夫人

歌

髮紛紛兮寘渠。骨籍籍兮亡居。母求死子兮妻求死夫。裴回兩渠間兮君子將安居。杜少陵「鬼妾」、「鬼馬」等語，似從此種化出。

昭帝

淋池歌

拾遺記：時穿淋池，中植芰荷。帝時命水嬉，畢景忘歸，使宫人歌曰：

秋素景兮泛洪波。揮纖手兮折芰荷。涼風淒淒揚棹歌。雲光開曙月低河。萬歲爲樂豈云多。「月低河」句，已開六朝風氣。

楊惲

拊缶歌

詳見漢書惲答孫會宗書。

田彼南山。蕪穢不治。種一頃豆。落而爲萁。人生行樂耳。須富貴何時。以力田之無年，比仕宦之失志，未嘗斥朝廷也。然竟緣此得禍，哀哉。

王昭君

怨詩　此將入匈奴時所作。

秋木萋萋。其葉萎黄。有鳥處山。集于苞桑。養育毛羽。形容生光。既得升雲。上遊曲房。離宫絶曠。身體摧藏。志念抑沉。不得頡頏。雖得委食。心有徊徨。我獨伊何。來往變常。翩翩之燕。遠集西羌。高山峨峨。河水泱泱。父兮母兮。道里悠長。嗚呼哀哉。憂心惻傷。若明訴入胡之苦，不特説不盡，説出亦淺也。呼父呼母，聲淚俱絶，下視石季倫擬作，瑣屑不足道矣。

班婕妤

怨歌行　婕妤初爲孝成所寵，其後趙氏日盛，婕妤恐久見危，求供養太后長信宫，作紈扇詩以自悼焉。

新裂齊紈素。皎潔如霜雪。裁成合歡扇。團團似明月。出入君懷袖。動摇微風發。常恐秋節至。涼飇奪炎熱。棄捐篋笥中。恩情中道絶。用意微婉，音韻和平，緑衣諸什，此其嗣響。

趙飛燕

歸風送遠操 西京雜記：趙后有寶琴名鳳凰，亦善爲歸風送遠操。

涼風起兮天隕霜。懷君子兮渺難望。感予心兮多慨慷。

梁鴻

五噫歌 後漢書：鴻東出關，過京師，作五噫之歌。肅宗聞而悲之，求鴻不得。

陟彼北芒兮。噫。顧瞻帝京兮。噫。宫闕崔巍兮。噫。民之劬勞兮。噫。遼遼未央兮。噫。

馬援

武溪深行 崔豹古今注：武溪深，馬援南征時作。門生爰寄生善笛，援作歌以和之。

滔滔武溪一何深。鳥飛不度。獸不敢臨。嗟哉武溪多毒淫。

班固

寶鼎詩 東都賦詩之一。

嶽修貢兮川效珍。吐金景兮歊浮雲。寶鼎見兮色紛縕。焕其炳兮被龍文。登祖廟兮享聖神。昭靈德兮彌億年。

張衡

四愁詩

張衡不樂久處機密，陽嘉中，出爲河間相。時國王驕奢，不遵法度，又多豪右并兼之家。衡下車，治威嚴，能内察屬縣，姦猾行巧劫，皆密知名，下吏收捕，盡服擒。諸豪俠遊客，悉惶懼逃出境，郡中大治。爭訟息，獄無繫囚。時天下漸弊，鬱鬱不得志，爲四愁詩。屈原以美人爲君子，以珍寶爲仁義，以水深雪雰爲小人，思以道術相報，貽於時君，而懼讒邪不得以通。其辭曰：

我所思兮在太山。欲往從之梁父艱。側身東望涕霑翰。美人贈我金錯刀。何以報之英瓊瑶。路遠莫致倚逍遥。何爲懷憂心煩勞。

我所思兮在桂林。欲往從之湘水深。側身南望涕霑襟。美人贈我金琅玕。何以報之雙玉盤。路遠莫致倚惆悵。何爲懷憂心煩傷。

我所思兮在漢陽。欲往從之隴阪長。側身西望涕沾裳。美人贈我貂襜褕。何以報之明月珠。路遠莫致倚踟躕。何爲懷憂心煩紆。

我所思兮在雁門。欲往從之雪紛紛。側身北望涕沾巾。美人贈我錦繡段。何以報之青玉案。路遠莫致倚增歎。何爲懷憂心煩惋。心煩紆鬱，低徊情深，風騷之變格也。少陵七歌原於此，而不襲其迹，最善奪胎。○五噫四愁，如何擬得！後人擬者，畫西施之貌耳。

李尤

九曲歌

年歲晚暮時已斜。安得力士翻日車。闕。

古詩源卷三

漢詩

蔡邕

樊惠渠歌 并序

陽陵縣東，其地衍隩，土氣辛螫，嘉穀不殖，而涇水長流。光和五年，京兆尹樊君勤恤民隱，乃立新渠，曩之鹵田，化爲甘壤。農民怡悦，相與謳談疆畔，斐然成章，謂之樊惠渠云。其歌曰：

我有長流。莫或闕之。我有溝澮。莫或達之。田疇斥鹵。莫修莫釐。飢饉困悴。莫恤莫思。乃有樊君。作人父母。立我畎畝。黄潦膏凝。多稼茂止。惠乃無疆。如何勿喜。我壤既營。我疆斯成。泯泯我人。既富且盈。爲酒爲釀。烝彼祖靈。貽福惠君。壽考且寧。

飲馬長城窟行 亦作古辭。

青青河邊草。綿綿思遠道。遠道不可思。宿昔夢見之。夢見在我傍。忽覺音教。在他鄉。他鄉各異縣。展轉不可見。枯桑知天風。海水知天寒。入門各自媚。誰肯相爲言。客從遠方來。遺我雙鯉魚。呼兒烹鯉魚。中有尺素書。長跪讀素書。書中竟何如。上有加餐食。下有長相憶。通首皆思婦之詞，纏綿宛折，篇法極妙。○宿昔，夙夜也。列子周穆王篇：周之尹氏，大治産。有老役夫昔昔夢爲國君，尹氏昔昔夢爲人僕。○前面一路換韻，聯折而下，節拍甚急。「枯桑」二句，忽用排偶承接。急者緩之，最是古人神妙處。

翠鳥

庭陬有若榴。緑葉含丹榮。翠鳥時來集。振翼修容形。回顧生碧色。動搖揚縹青。幸脱虞人機。得親君子庭。馴心托君素。雌雄保百齡。

琴歌

練余心兮浸太清。滌穢濁兮存正靈。和液暢兮神氣寧。情志泊兮心亭亭。嗜欲息兮無由生。踔宇宙而遺俗兮。眇翩翩而獨征。琴理之最深者。唐人王昌齡、李頎時亦得之。

秦嘉

留郡贈婦詩

嘉爲郡上掾，其妻徐淑，寢疾還家，不獲面別，贈詩云爾。

人生譬朝露。居世多屯蹇。憂艱常早至。歡會常苦晚。念當奉時役。去爾日遥遠。遣車迎子還。空往復空返。省書情悽愴。臨食不能飯。獨坐空房中。誰與相勸勉。長夜不能眠。伏枕獨展轉。憂來如循環。匪席不可卷。

皇靈無私親。爲善荷天禄。傷我與爾身。少小罹煢獨。既得結大義。歡樂苦不足。念當遠別離。思念敘款曲。河廣無舟梁。道近隔丘陸。臨路懷惆悵。中駕正躑躅。浮雲起高山。悲風激深谷。良馬不回鞍。輕車不轉轂。鍼藥可屢進。愁思難爲數。貞士篤終始。恩義不可屬。

肅肅僕夫征。鏘鏘揚和鈴。清晨當引邁。束帶待雞鳴。顧看空房中。彷彿想姿形。一別懷萬恨。起坐爲不寧。何用敘我心。遺思致款誠。寶釵好耀首。明鏡可鑑形。芳香去垢穢。素琴有清聲。詩人感木瓜。乃欲答瑶瓊。媿彼贈我厚。慙此往物輕。雖知未足報。貴用敘我情。末章韻腳複「形」字。○詞氣和易，感人自深，然去西漢渾厚之風遠矣。

孔融

雜詩

遠送新行客。歲暮乃來歸。入門望愛子。妻妾向人悲。聞子不可見。日已潛光輝。孤墳在西北。常念君來遲。褰裳上墟丘。但見蒿與薇。白骨歸黄泉。肌體乘塵飛。生時不識父。死後知我誰。孤魂遊窮暮。飄颻安所依。人生圖孠古嗣字。息。爾死我念追。俛仰内傷心。不覺淚沾衣。人生自有命。但恨生日希。少陵奉先詠懷，有「入門聞號咷，幼子飢已卒」句，覺此更深可哀。

辛延年

羽林郎

昔有霍家奴。姓馮名子都。依倚將軍勢。調笑酒家胡。胡姬年十五。春日獨當壚。長裾連理帶。廣袖合歡襦。頭上藍田玉。耳後大秦珠。兩鬟何窈窕。一世良所無。一鬟五百萬。兩鬟千萬餘。不意金吾子。娉婷過我廬。銀鞍何煜爚。翠蓋空踟躕。就我求清酒。絲繩提玉壺。就我求珍肴。金盤膾鯉魚。貽我青銅鏡。結我紅羅裾。不惜紅羅裂。何論輕賤軀。男兒愛後婦。女子重前夫。人生有新故。貴賤不相踰。多謝金吾子。私愛徒區區。駢麗之詞，歸宿卻極貞正，風之變而不失其正者也。○「一鬟五百萬」二句，須知不是論鬟。

宋子侯

董嬌嬈

洛陽城東路。桃李生路傍。花花自相對。葉葉自相當。春風東北起。花葉正低昂。不知誰家子。提籠行採桑。纖手折其枝。花落何飄颺。請謝彼姝子。何爲見損傷。高秋八九月。白露變爲霜。終年會飄墮。安得久馨香。秋時自零落。春月復芬芳。何時盛年去。歡愛永相忘。吾欲竟此曲。此曲愁人腸。歸來酌美酒。挾瑟上高堂。大意以花落比盛年之易逝也。婀娜其姿，無窮搖曳。○方舟漢詩説云：「請謝彼姝子」二句，是問詞。「高秋八九月」四句，是姝子答詞。「秋時自零落」四句，又是答姝子之詞。正意全在「吾欲竟此曲」四句，見懽日無多，勸之及時行樂爾。

蘇伯玉妻

盤中詩

山樹高。鳥鳴悲。泉水深。鯉魚肥。空倉雀。常苦飢。吏人婦。會夫希。出門望見白衣。謂當是而更非。還入門。中心悲。北上堂。西入階。急機絞。杼聲催。長歎息。當語誰。君有行。妾念之。出有日。還無期。結巾帶。長相思。君忘妾。未知之。妾忘君。罪當治。妾有行。宜知之。黄者金。白者玉。高者山。下者谷。姓者蘇。字伯玉。人才多。知謀足。家居長安身在蜀。何惜馬蹄歸不數。羊肉千斤酒百斛。令君馬肥麥與粟。今時人。知四足。與其書。不能讀。當從中央周四角。使伯玉感悔，全在柔婉，不在怨怒，此深於情。○「君有行」，征行也，平聲。「妾有行」，行誼也，去聲。○似歌謡，似樂府，雜亂成文，而用意忠厚，千秋絶調。

竇玄妻

古怨歌

玄狀貌絶異，天子使出其妻，妻以公主。妻悲怨，寄書及歌與玄，時人憐之。

煢煢白兔。東走西顧。衣不如新。人不如故。

蔡　琰

悲憤詩

後漢書：琰歸董祀後，感傷亂離，追懷悲憤，作詩。

漢季失權柄。董卓亂天常。志欲圖篡弑。先害諸賢良。逼迫遷舊邦。擁王以自强。海内興義師。欲共討不祥。卓衆來東下。金甲耀日光。平土人脆弱。來兵皆胡羌。獵野圍城邑。所向悉破亡。斬截無孑遺。尸骸相撑拒。馬邊懸男頭。馬後載婦女。長驅西入關。迥路險且阻。還顧邈冥冥。肝脾爲爛腐。所略有萬計。不得令屯聚。或有骨肉俱。欲言不敢語。失意幾微間。輒言斃降虜。要當以亭刃。我曹不活汝。豈敢惜性命。不堪其詈罵。或便加棰杖。毒痛參并下。旦則號泣行。夜則悲吟坐。欲死不能得。欲生無一可。彼蒼者何辜。乃遭此戹禍。邊荒與華異。人俗少義理。處所多霜雪。胡風春夏起。翩翩吹我衣。肅肅入我耳。感時念父母。哀歎無終已。有客從外來。聞之常歡喜。迎問其消息。輒復非鄉里。邂逅徼時願。骨肉來迎己。己得自解免。當復弃兒子。天屬綴人心。念别無會期。存亡永乖隔。不忍與之辭。兒前抱我頸。問母欲何之。人言母當去。豈復有還時。阿母常仁惻。今何更不慈。我尚未成人。奈何不顧思。見此崩五内。恍惚生狂癡。號呼手撫摩。當發復回疑。兼有同時輩。相送告别離。慕我獨得歸。哀叫聲摧裂。馬爲立踟蹰。車爲不轉轍。觀者皆歔欷。行路亦嗚咽。去去割情戀。遄征日遐邁。悠悠三千里。何時復交會。念我出腹子。胸臆爲摧敗。既至家人盡。又復無中外。城郭爲山林。庭宇生荆艾。白骨不知誰。從横莫覆蓋。出門無人聲。豺狼嘷且吠。煢煢對孤景。怛咤靡肝肺。登高遠眺望。魂神忽飛逝。奄若壽命盡。傍人相寬大。爲復彊視息。雖生何聊賴。託命于新人。竭心自勗勵。流離成鄙賤。常恐復捐廢。人生幾何時。懷憂終年歲。段落分明，而滅去脱卸轉接痕迹。若斷若續，不碎不亂，少陵奉先詠懷、北征等作，往往似之。○激昂酸楚，讀去如驚蓬坐振，沙礫自飛，在東漢人中，力量最大。○使人忘其失節，而祇覺可憐，由情真，亦由情深也。世所傳十八拍，時多率句，應屬後人擬作。

諸葛亮

梁甫吟

三國志曰：諸葛亮躬耕隴畝，好爲梁父吟。

步出齊城門。遥望蕩陰里。里中有三墳。纍纍正相似。問是誰家墓。田疆古冶子。力能排南山。文能絶地紀。一朝被讒言。二桃殺三士。誰能爲此謀。國相齊晏子。武侯好吟梁父，非必但指此章，或篇帙散落，惟此流傳耳。○韻用二「子」字。

樂府歌辭

練時日　以下七章皆郊祀歌。

練時日。候有望。焫膋蕭。延四方。九重開。靈之斿。垂惠恩。鴻祜休。靈之車。結玄雲。駕飛龍。羽旄紛。靈之下。若風馬。左蒼龍。右白虎。靈之來。神哉沛。先以雨。般音班。裔裔。靈之至。慶陰陰。相放悲。同「彷彿」。震淡心。靈已坐。五音飭。虞至旦。承靈億。牲繭栗。粢盛香。尊桂酒。賓八鄉。靈安留。吟青黃。徧觀此。眺瑶堂。衆嫭並。綽奇麗。顏如荼。兆逐靡。被華文。廁霧縠。曳阿錫。佩珠玉。俠嘉夜。茝蘭芳。淡容與。獻嘉觴。古色奇響，幽氣靈光，奕奕紙上。屈子九歌後，另開面目。○「靈之斿」以下，鋪排六段，而變幻錯綜，不板不實，備極飛揚生動。○「衆嫭」四句，寫美人之多，穠麗中則，招魂之遺也。○此章總敘，下爲分獻之詞。

青陽

青陽開動。根荄以遂。膏潤并愛。跂行畢逮。霆聲發榮。壧處傾聽。枯槁復産。迺成厥命。衆庶熙熙。施及夭胎。群生啿徒感切。啿。惟春之祺。四章分祭四時之神，天氣時物，無不畢達，直是胸有造化。○啿啿，豐厚貌。

朱明

朱明盛長。旉與萬物。桐生茂豫。靡有所詘。敷華就實。既阜既昌。登成甫田。百鬼迪嘗。廣大建祀。肅雍不忘。神若宥之。傳世無疆。

西顥

西顥沆碭。秋氣肅殺。含秀垂穎。續舊不廢。叶發。姦僞不萌。妖孽伏息。隅辟越遠。四貉咸服。既畏茲威。惟慕純德。附而不驕。正心翊翊。「續舊不廢」，言肅殺中有生機也。

玄冥

玄冥凌陰。蟄蟲蓋藏。草木零落。抵冬降霜。易亂除邪。革正異俗。兆民反本。抱素懷樸。條理信義。望禮五嶽。籍斂之時。掩收嘉穀。

惟泰元

惟泰元尊。媪神蕃釐。音熙。經緯天地。作成四時。精建日月。星辰度理。陰陽五行。

周而復始。雲風雷電。降甘露雨。百姓蕃滋。咸循厥緒。繼統恭勤。順皇之德。鸞路龍鱗。罔不肸飾。嘉籩列陳。庶幾宴享。滅除凶災。烈騰八荒。鐘鼓竽笙。雲舞翔翔。招搖靈旗。九夷賓將。泰元，天也。媪神，地也。言天神至尊，地神多福。

天馬

漢書：元鼎四年秋，馬生渥洼水中，作天馬之歌。太初四年春，貳師將軍李廣利斬大宛王首，獲汗血馬，作西極天馬之歌。

太一況。同貺。天馬下。霑赤汗。沫流赭。志俶儻。精權奇。籋音業。浮雲。晻上馳。體容與。迣即逝字。萬里。今安匹。龍爲友。

天馬徠。從西極。涉流沙。九夷服。天馬徠。出泉水。虎脊兩。化若鬼。天馬徠。歷無阜。經千里。循東道。天馬徠。執徐時。將摇舉。誰與期。天馬徠。開遠門。竦予身。逝昆侖。天馬徠。龍之媒。游閶闔。觀玉臺。歷無「阜」，同「草」，言歷不毛之地，而來東道也。

戰城南

以下四章鐃歌。〇漢鼓吹鐃歌十八曲，字多訛誤，兹録其可誦者。

戰城南。死郭北。野死不葬烏可食。爲我謂烏。且爲客豪。野死諒不葬。腐肉安能去子逃。水聲激激。蒲葦冥冥。梟騎戰鬬死。駑馬裴徊鳴。梁築室。何以南。何以北。

禾黍不穫君何食。願爲忠臣安可得。思子良臣。良臣誠可思。朝行出攻。暮不夜歸。太白云：「野戰格鬬死，敗馬嘶鳴向天悲。」自是唐人語。讀「梟騎」十字，何等簡勁！末段思良臣，懷頗、牧之意也。

臨高臺

臨高臺以軒。下有清水清且寒。江有香草目以蘭。黃鵠高飛離哉翻。關弓射鵠。令吾主壽萬年。收中吾。劉履曰：篇末「收中吾」三字，其義未詳。疑曲調之餘聲，如樂録所謂「羊無夷」、「伊那何」之類。

有所思

有所思。乃在大海南。何用問遺君。雙珠玳瑁簪。用玉紹繚之。聞君有他心。拉雜摧燒之。摧燒之。當風揚其灰。從今已往。勿復相思。相思與君絶。雞鳴狗吠。兄嫂當知之。妃呼豨。秋風肅肅晨風颸。東方須臾高知之。怨而怒矣，然怒之切，正望之深。末段餘情無盡。○此亦人臣思君而託言者也。「雞鳴」二句，即野有死麕章意。

上邪

上邪。我欲與君相知。長命無絶衰。山無陵。江水爲竭。冬雷震震。夏雨雪。天地合。

乃敢與君絶。「山無陵」下共五事，重疊言之，而不見其排，何筆力之横也。

箜篌引

以下六章相和曲。○古今注：朝鮮津卒霍里子高，晨起刺船。有一白首狂夫，披髮提壺，亂流而渡。其妻隨而止之，不及，遂墮河而死。妻援箜篌而鼓之，作公無渡河之曲，聲甚悽愴。曲終，亦投河而死。子高還，語其妻麗玉，麗玉傷之，乃引箜篌而寫其聲，名曰箜篌引。

公無渡河。公竟渡河。墮河而死。當奈公何。纏綿悽惻。黄牛峽謡，音節相似。

江　南

梁武帝作江南弄本此。

江南可採蓮。蓮葉何田田。魚戲蓮葉間。魚戲蓮葉東。魚戲蓮葉西。魚戲蓮葉南。魚戲蓮葉北。奇格。

薤露歌

古今注：薤露、蒿里，本出田横門人。横自殺，門人傷之，爲作悲歌二章。孝武時，李延年分爲二曲，薤露送王公貴人，蒿里送士大夫庶人，使挽柩者歌之，亦謂之「挽歌」。

薤上露。何易晞。露晞明朝更復落。人死一去何時歸。

蒿里曲

蒿里誰家地。聚歛魂魄無賢愚。鬼伯一何相催促。人命不得少踟躕。

雞鳴

此曲前後辭不相屬，蓋采詩入樂，合而成章，非有錯簡紊誤也。後多放此。

雞鳴高樹巔。狗吠深宫中。蕩子何所之。天下方太平。刑法非有貸。柔協正亂名。黄金爲君門。璧玉爲軒堂。上有雙樽酒。作使邯鄲倡。劉王碧青甓。後出郭門王。舍後有方池。池中雙鴛鴦。鴛鴦七十二。羅列自成行。鳴聲何啾啾。聞我殿東廂。兄弟四五人。皆爲侍中郎。五日一時來。觀者滿路傍。黄金絡馬頭。熲熲何煌煌。桃生露井上。李樹生桃傍。蟲來齧桃根。李樹代桃殭。樹木身相代。兄弟還相忘。

陌上桑

一曰豔歌羅敷行。

日出東南隅。照我秦氏樓。秦氏有好女。自名爲羅敷。羅敷善蠶桑。採桑城南隅。青絲爲籠係。桂枝爲籠鉤。頭上倭墮髻。耳中明月珠。緗綺爲下裙。紫綺爲上襦。行者見羅敷。下擔捋髭鬚。少年見羅敷。脱帽著帩頭。耕者忘其犂。鋤者忘其鋤。來歸相怨怒。但坐觀羅敷。一解。使君從南來。五馬立踟躕。使君遣吏往。問是誰家姝。秦氏有好女。自名爲羅敷。羅敷年幾何。二十尚不足。十五頗有餘。使君謝羅敷。寧可共載不。羅敷前置辭。使君一何愚。使君自有婦。羅敷自有夫。二解。東方千餘騎。夫壻居上頭。何用識夫壻。白馬從驪駒。青絲繫馬尾。黃金絡馬頭。腰中鹿盧劍。可直千萬餘。十五府小史。二十朝大夫。三十侍中郎。四十專城居。爲人潔白皙。鬑鬑頗有鬚。盈盈公府步。冉冉府中趨。坐中數千人。皆言夫壻殊。三解。○鋪陳穠至，與辛延年羽林郎一副筆墨。此樂府體別於古詩者在此。○「但坐觀羅敷」，坐，緣也。歸家怨怒室人，緣觀羅敷之故也。○謝使君四語，大義凜然。末段盛稱夫壻，若有章法，若無章法，是古人入神處。○篇中韻腳，三「頭」字，二「隅」字，二「餘」字，二「夫」字，二「鬚」字。

長歌行

連下章平調曲。○古詩云：「長歌正激烈。」魏文燕歌行云：「短歌微吟不能長。」言聲有長短也。

青青園中葵。朝露待日晞。陽春布德澤。萬物生光輝。常恐秋節至。焜黃華葉衰。百川東到海。何時復西歸。少壯不努力。老大徒傷悲。「陽春」十字，正大光明，謝康樂「皇心美陽澤，萬象咸光昭」，庶幾相類。

君子行

君子防未然。不處嫌疑間。瓜田不納履。李下不正冠。嫂叔不親授。長幼不比肩。勞謙得其柄。和光甚獨難。周公下白屋。吐哺不及餐。一沐三握髮。後世稱聖賢。

相逢行　清調曲。○一云相逢狹路間行，亦云長安有狹斜行。

相逢狹路間。道隘不容車。不知何年少。夾轂問君家。君家誠易知。易知復難忘。黄金爲君門。白玉爲君堂。堂上置樽酒。作使邯鄲倡。中庭生桂樹。華燈何煌煌。兄弟兩三人。中子爲侍郎。五日一來歸。道上自生光。黄金絡馬頭。觀者盈道傍。入門時左顧。但見雙鴛鴦。鴛鴦七十二。羅列自成行。音聲何噰噰。鶴鳴東西廂。大婦織羅綺。中婦織流黄。小婦無所爲。挾瑟上高堂。丈人且安坐。調絲方未央。末段後人摘爲三婦豔。

善哉行　以下六章瑟調曲。

來日大難。口燥脣乾。今日相樂。皆當喜歡。一解。經歷名山。芝草翻翻。仙人王喬。

奉藥一丸。二解。自惜袖短。内讀納。手知寒。慚無靈輒。以報趙宣。三解。月没參横。北斗闌干。親交在門。饑不及餐。四解。歡日尚少。戚日苦多。以何忘憂。彈箏酒歌。五解。淮南八公。要道不煩。參駕六龍。游戲雲端。六解。○此言來者難知，勸人及時行樂也。忽云求仙，忽云報恩，忽云結客，忽云飲酒，而仍終之以游仙，無倫無次，杳渺恍惚。

西門行

出西門。步念之。今日不作樂。當待何時。一解。夫爲樂。爲樂當及時。何能坐愁怫鬱。當復待來兹。二解。飲醇酒。炙肥牛。請呼心所歡。何用解愁憂。三解。人生不滿百。常懷千歲憂。晝短而夜長。何不秉燭遊。四解。自非仙人王子喬。計會壽命難與期。自非仙人王子喬。計會壽命難與期。五解。人壽非金石。年命安可期。貪財愛惜費。但爲後世嗤。六解。

東門行

出東門。不顧歸。來入門。悵欲悲。盎中無斗儲。還視桁上無懸衣。拔劍出門去。兒女牽衣啼。他家但願富貴。賤妾與君共餔糜。共餔糜。上用滄浪天。故下爲黄口小兒。

句中或有謁字。今時清廉。難犯教言。君復自愛莫爲非。今時清廉。難犯教言。君復自愛莫爲非。行吾去爲遲。平慎行。望君歸。始勸其安貧賤，繼恐其觸法網。餔糜之婦，豈在咏雄雉者下哉！○既出復歸，既歸復出，功名兒女，纏綿胸次，情事展轉如見。○疊説一過，丁寧反覆之意。末二句進以提身、涉世之道也。○魏文豔歌何嘗行「上慙滄浪之天，下顧黄口小兒」本此，而語句易解。

孤兒行

孤兒生。孤兒遇生。命當獨苦。父母在時。乘堅車。駕駟馬。叶滿補切。父母已去。兄嫂令我行賈。南到九江。東到齊與魯。臘月來歸。不敢自言苦。頭多蟣蝨。面目多塵。大兄言辦飯。大嫂言視馬。叶。上高堂。行取同趨。殿下堂。古屋之高嚴，通呼爲殿。孤兒淚下如雨。使我朝行汲。暮得水來歸。手爲錯。足下無菲。左傳：「共其扉屨」，扉，草屨也。通作菲。愴愴履霜。中多蒺藜。拔斷蒺藜。腸肉中愴欲悲。淚下渫渫。清涕纍纍。冬無複襦。夏無單衣。居生不樂。不如早去。下從地下黄泉。春風動。草萌芽。三月蠶桑。六月收瓜。將是瓜車。來到還家。瓜車反同翻。覆。助我者少。啗瓜者多。願還我蔕。獨且急歸。兄與嫂嚴。當興較計。亂曰。里中一何譊譊。願欲寄尺書。將與地下父母。兄嫂難與久居。極瑣碎，極古奥。斷續無端，起落無迹。淚痕血點，結掇而成。樂府中有此一種筆墨。○始用虞韻，次用支微齊韻，次用歌麻韻，次用霽韻，末用魚韻。惟中間有雙句不在韻内者，如「頭多蟣蝨，面目多塵」、「上高堂，行取殿下堂」等句，故搖曳其詞，令讀者不能驟領耳。○「黄泉」句乃一韻住處，今不歸入韻内，豈中間或有脱落耶？至「多」與「瓜」，本屬一韻，下「蔕」字乃另换韻也。

豔歌行

翩翩堂前燕。冬藏夏來見。兄弟兩三人。流宕在他縣。故衣誰當補。新衣誰當綻。賴得賢主人。覽取爲我綻。夫壻從門來。斜柯西北眄。語卿且勿眄。水清石自見。石見何纍纍。遠行不如歸。此居停之婦，爲客縫衣，而其夫不免見疑也。末云水清石見，心跡固明矣，然豈如歸去爲得計乎？「賢主人」指居停婦言。○與陌上桑、羽林郎同見性情之正，國風之遺也。

隴西行　一云步出夏門行。

天上何所有。歷歷種白榆。桂樹夾道生。青龍對道隅。鳳皇鳴啾啾。一母將九雛。顧視世間人。爲樂甚獨殊。好婦出迎客。顏色正敷愉。伸腰再拜跪。問客平安不。請客北堂上。坐客氈氍毹。清白各異樽。酒上正華疏。酌酒持與客。客言主人持。卻略再拜跪。然後持一盃。談笑未及竟。左顧敕中廚。促令辦麤飯。慎莫使稽留。廢禮送客出。盈盈府中趨。送客亦不遠。足不過門樞。取婦得如此。齊姜亦不如。健婦持門户。

亦勝一丈夫。起八句若不相屬，古詩往往有之，不必曲爲之説。○卻略，奉觴在手，退而行禮，故稍卻也。寫得婉媚，通體極贊中自有諷意。

淮南王篇 舞曲歌辭。

淮南王。自言尊。百尺高樓與天連。後園鑿井銀作牀。金瓶素綆汲寒漿。汲寒漿。飲少年。少年窈窕何能賢。揚聲悲歌音絶天。我欲渡河河無梁。願化雙黄鵠還故鄉。還故鄉。入故里。徘徊故鄉。苦身不已。繁舞寄聲無不泰。徘徊桑梓遊天外。此哀淮南求仙無益，而以身受禍也。措詞特隱。

傷歌行 以下雜曲歌辭。

昭昭素明月。輝光燭我牀。憂人不能寐。耿耿夜何長。微風吹閨闥。羅帷自飄揚。攬衣曳長帶。屣履下高堂。東西安所之。徘徊以彷徨。春鳥翻南飛。翩翩獨翺翔。悲聲命儔匹。哀鳴傷我腸。感物懷所思。泣涕忽霑裳。佇立吐高吟。舒憤訴穹蒼。不追琢，不屬對，和平中自有骨力。

悲歌

悲歌可以當泣。遠望可以當歸。思念故鄉。鬱鬱纍纍。欲歸家無人。欲渡河無船。心思不能言。腸中車輪轉。起最矯健，李太白時或有之。

枯魚過河泣

枯魚過河泣。何時悔復及。作書與魴鱮。相教慎出入。漢人每有此種奇想。

古　歌

秋風蕭蕭愁殺人。出亦愁。入亦愁。座中何人。誰不懷憂。令我白頭。胡地多飆風。樹木何修修。離家日趨遠。衣帶日趨緩。心思不能言。腸中車輪轉。蒼莽而來，飄風急雨，不可遏抑。○「離家」二句，同行行重行行篇。然「以」字渾，「趨」字新，此古詩、樂府之別。

古八變歌

北風初秋至。吹我章華臺。浮雲多暮色。似從崦嵫來。枯桑鳴中林。絡緯響空階。翩翩飛蓬征。愴愴遊子懷。故鄉不可見。長望始此回。

猛虎行

飢不從猛虎食。暮不從野雀棲。野雀安無巢。遊子爲誰驕。

樂府

行胡從何方。列國持何來。氍毹毾㲪五木香。迷迭艾蒳及都梁。首二句指入貢之人言，本用陽韻，而第二句以「來」字間之，首句用韻，次句不入韻也。

古詩源卷四

漢詩

古詩爲焦仲卿妻作

漢末建安中，廬江府小吏焦仲卿妻劉氏，爲仲卿母所遣，自誓不嫁。其家逼之，乃投水而死。仲卿聞之，亦自縊於庭樹。時傷之，爲詩云爾。

孔雀東南飛。五里一徘徊。十三能織素。十四學裁衣。十五彈箜篌。十六誦詩書。十七爲君婦。心中常苦悲。君既爲府吏。守節情不移。賤妾留空房。相見常日稀。雞鳴入機織。夜夜不得息。三日斷五匹。大人故嫌遲。非爲織作遲。君家婦難爲。妾不堪驅使。徒留無所施。便可白公姥。及時相遣歸。府吏得聞之。堂上啟阿母。兒已薄祿相。幸復得此婦。結髮同枕席。黄泉共爲友。共事二三年。始爾未爲久。女行無偏斜。何意致不厚。阿母謂府吏。何乃太區區。此婦無禮節。舉動自專由。吾意久懷忿。汝豈得自由。東家有賢女。自名秦羅敷。可憐體無比。阿母爲汝求。便可速遣之。遣去慎莫留。府吏長跪答。伏惟啟阿母。今若遣此婦。終老不復取。阿母得聞之。槌牀便大怒。小子無所畏。何敢助婦語。吾已失恩義。會不相從許。府吏默無聲。再拜還入户。舉言謂新婦。哽咽不能語。我自不驅卿。逼迫有阿母。卿但暫還家。吾今且報府。不久當歸還。還必相迎取。以此下心意。慎勿違吾語。新婦謂府吏。勿復重紛紜。往昔初陽歲。謝家來貴門。奉事循公姥。進止敢自專。晝夜勤作息。伶俜縈苦辛。謂言無罪過。供養卒大恩。仍更被驅遣。何言復來還。妾有繡腰襦。葳蕤自生光。紅羅複斗帳。四角垂香囊。箱簾六七十。緑碧青絲繩。物物各自異。種種在其中。人賤物亦鄙。不足迎後人。留待作遺施。於今無會因。時時爲安慰。久久莫相忘。雞鳴外欲曙。新婦起嚴妝。著我繡裌裙。事事四五通。足下躡絲履。頭上玳瑁光。腰若流紈素。耳著明月璫。指如削葱根。口如含朱丹。纖纖作細步。精妙世無雙。上堂拜阿母。阿母去不止。昔作女兒時。生小出野里。本自無教訓。兼愧貴家子。受母錢帛多。不堪母驅使。今日還家去。念母勞家裏。卻與小姑別。淚落連珠子。新婦初來時。小姑始扶牀。今日被驅遣。小姑如我長。勤心養公姥。好自相扶將。初七及下九。嬉戲莫相忘。出門登車去。涕落百餘行。府吏馬在前。新婦車在後。隱隱何甸甸。俱會大道口。下馬入車中。低頭共耳語。誓不相隔卿。且暫還家去。吾今且赴府。不久當還歸。誓天不相負。新婦謂府吏。感君區區懷。君既若見録。不久望君來。君當作磐石。妾當作蒲葦。蒲葦紉如絲。磐石無轉移。我有親父兄。性行暴如雷。恐不任我意。逆以煎我懷。舉手長勞勞。二情同依依。入門上家堂。進退無顏儀。阿母大拊掌。不圖子自歸。十三教汝織。十四能裁衣。十五彈箜篌。十六知禮儀。十七遣汝嫁。謂言無誓違。汝今何罪過。不迎而自歸。蘭芝慚阿母。兒實無罪過。阿母大悲摧。還家十餘日。縣令遣媒來。云有第三郎。窈窕世無雙。年始十八九。便言多令才。阿母謂阿女。汝可去應之。阿女銜淚答。蘭芝初還時。府吏見丁寧。結誓不別離。今日違情義。恐此事非奇。自可斷來信。徐徐更謂之。阿母白媒人。貧賤有此女。始適還家門。不堪吏人婦。豈合令郎君。幸可廣問訊。不得便相許。媒人去數日。尋遣丞請還。說有蘭家女。承籍有宦官。云有第五郎。嬌逸未有婚。遣丞爲媒人。主簿通語言。直說太守家。有此令郎君。既欲結大義。故遣來貴門。阿母謝媒人。女子先有誓。老姥豈敢言。阿兄得聞之。悵然心中煩。舉言謂阿妹。作計何不量。先嫁得府吏。後嫁得郎君。否泰如天地。足以榮汝身。不嫁義郎體。其往欲何云。蘭芝仰頭答。理實如兄言。謝家事夫壻。中道還兄門。處分適兄意。那得自任專。雖與府吏要。渠會永無緣。登即相許和。便可作婚姻。媒人下牀去。諾諾復爾爾。還部白府君。下官奉使命。言談大有緣。府君得聞之。心中大歡喜。視曆復開書。便利此月内。六合正相應。良吉三十日。今已二十七。卿可去成婚。交語速裝束。絡繹如浮雲。青雀白鵠舫。四角龍子幡。婀娜隨風轉。金車玉作輪。躑躅青驄馬。流蘇金縷鞍。齎錢三百萬。皆用青絲穿。雜綵三百匹。交廣市鮭珍。從人四五百。鬱鬱登郡門。阿母謂阿女。適得府君書。明日來迎汝。何不作衣裳。莫令事不舉。阿女默無聲。手巾掩口啼。淚落便如瀉。移我琉璃榻。出置前牕下。左手持刀尺。右手執綾羅。朝成繡裌裙。晚成單羅衫。晻晻日欲暝。愁思出門啼。府吏聞此變。因求假暫歸。未至二三里。摧藏馬悲哀。新婦識馬聲。躡履相逢迎。悵然遥相望。知是故人來。舉手拍馬鞍。嗟歎使心傷。自君别我後。人事不可量。果不如先願。又非君所詳。我有親父母。逼迫兼弟兄。以我應他人。君還何所望。府吏謂新婦。賀卿得高遷。磐石方且厚。可以卒千年。蒲葦一時紉。便作旦夕間。卿當日勝貴。吾獨向黄泉。新婦謂府吏。何意出此言。同是被逼迫。君爾妾亦然。黄泉下相見。勿違今日言。執手分道去。各各還家門。生人作死别。恨恨那可論。念與世間辭。千萬不復全。府吏還家去。上堂拜阿母。今日大風寒。寒風摧樹木。嚴霜結庭蘭。兒今日冥冥。令母在後單。故作不良計。勿復怨鬼神。命如南山石。四體康且直。阿母得聞之。零淚應聲落。汝是大家子。仕宦於臺閣。慎勿爲婦死。貴賤情何薄。東家有賢女。窈窕豔城郭。阿母爲汝求。便復在旦夕。府吏再拜還。長歎空房中。作計乃爾立。轉頭向户裏。漸見愁煎迫。其日牛馬嘶。新婦入青廬。奄奄黄昏後。寂寂人定初。我命絶今日。魂去尸長留。攬裙脱絲履。舉身赴清池。府吏聞此事。心知長別離。徘徊庭樹下。自掛東南枝。兩家求合葬。合葬華山傍。東西植松柏。左右種梧桐。枝枝相覆蓋。葉葉相交通。中有雙飛鳥。自名爲鴛鴦。仰頭相向鳴。夜夜達五更。行人駐足聽。寡婦起彷徨。多謝後世人。戒之慎勿忘。共一千七百八十五字，古今第一首長詩也。淋淋漓漓，反反覆覆，雜述十數人口中語，而各肖其聲音面目，豈非化工之筆。○長篇詩若平平敘去，恐無色澤，中間須點染華縟，五色陸離，使讀者心目俱炫。如篇中新婦出門時，「妾有繡羅襦」一段，太守擇日後，「青雀白鵠舫」一段是也。○作詩貴剪裁，入手若敘兩家家世，末段若敘兩家如何悲慟，豈不冗漫拖沓。故竟以一二語了之。極長詩中具有剪裁也。○別小姑一段，悲愴之中，復極温厚，風人之旨，固應爾耳。唐人作棄婦篇，直用其語云：「憶我初來時，小姑始扶牀。今別小姑去，小姑如我長。」下忽接二語云：「回頭語小姑，莫嫁如兄夫。」輕薄無餘味矣。故君子立言有則。○「否泰如天地」一語，小人但慕富貴，不顧禮義，實有此口吻。○「蒲葦」「磐石」，即以新婦語誚之，樂府中每多此種章法。

古詩十九首

十九首非一人一時作，玉臺以中幾章爲枚乘，文心雕龍以孤竹一篇爲傅毅之詞，昭明以不知姓氏，統名爲「古詩」。從昭明爲允。

行行重行行。與君生別離。相去萬餘里。各在天一涯。道路阻且長。會面安可知。胡馬依北風。越鳥巢南枝。相去日已遠。衣帶日已緩。浮雲蔽白日。遊子不顧反。思君令人老。歲月忽已晚。棄捐勿復道。努力加餐飯。起是俚語，極韻。○陸賈曰：「邪臣之蔽賢，猶浮雲之障日月。」古楊柳行曰：「讒邪害公正，浮雲蔽白日。」○「思君令人老」，本小弁「維憂用老」句。

青青河畔草。鬱鬱園中柳。盈盈樓上女。皎皎當牕牖。娥娥紅粉妝。纖纖出素手。昔爲倡家女。今爲蕩子婦。蕩子行不歸。空牀難獨守。用疊字，從衛碩人「河水洋洋，北流活活」一章化出。

青青陵上柏。磊磊磵中石。人生天地間。忽如遠行客。斗酒相娛樂。聊厚不爲薄。驅車策駑馬。遊戲宛與洛。洛中何鬱鬱。冠帶自相索。長衢羅夾巷。王侯多第宅。兩宮遥相望。雙闕百餘尺。極宴娛心意。戚戚何所迫。起言柏與石長存，而人異於樹石也。

今日良宴會。歡樂難具陳。彈箏奮逸響。新聲妙入神。令德唱高言。識曲聽其真。齊心同所願。含意俱未申。人生寄一世。奄忽若飆塵。何不策高足。先據要路津。無爲守窮賤。轗軻長苦辛。據要津乃詭詞也。古人感憤，每有此種。

西北有高樓。上與浮雲齊。交疏結綺牕。阿閣三重階。上有絃歌聲。音響一何悲。誰能爲此曲。無乃杞梁妻。清商隨風發。中曲正徘徊。一彈再三歎。慷慨有餘哀。不惜歌者苦。但傷知音稀。願爲雙鳴鶴。奮翅起高飛。「但傷知音稀」，與「識曲聽其真」同意。

涉江採芙蓉。蘭澤多芳草。采之欲遺誰。所思在遠道。還顧望舊鄉。長路漫浩浩。同心而離居。憂傷以終老。

明月皎夜光。促織鳴東壁。玉衡指孟冬。衆星何歷歷。白露霑野草。時節忽復易。秋蟬鳴樹間。玄鳥逝安適。昔我同門友。高舉振六翮。不念攜手好。棄我如遺跡。南箕北有斗。牽牛不負軛。良無磐石固。虛名復何益。「南箕」二語，言有名而無實也。此興意與「玉衡指孟冬」正用者自別。

冉冉孤生竹。結根泰山阿。與君爲新婚。兔絲附女羅。兔絲生有時。夫婦會有宜。千里遠結婚。悠悠隔山陂。思君令人老。軒車來何遲。傷彼蕙蘭花。含英揚光輝。過時而不采。將隨秋草萎。君亮執高節。賤妾亦何爲。起四句比中用比。○「悠悠隔山陂」，情已離矣，而望之無已，不敢作決絶怨恨語，温厚之至也。

庭中有奇樹。緑葉發華滋。攀條折其榮。將以遺所思。馨香盈懷袖。路遠莫致之。此物何足貴。但感別經時。「何足貴」，文選作「何足貢」，謂獻也，較有味。

迢迢牽牛星。皎皎河漢女。纖纖擢素手。札札弄機杼。終日不成章。泣涕零如雨。河漢清且淺。相去復幾許。盈盈一水間。脈脈不得語。相近而不能達情，彌復可傷。此亦託興之詞。

迴車駕言邁。悠悠涉長道。四顧何茫茫。東風揺百草。所遇無故物。焉得不速老。盛衰各有時。立身苦不早。人生非金石。豈能長壽考。奄忽隨物化。榮名以爲寶。不得已而託之身後之名，與託之「遊仙」、「飲酒」者同意。

東城高且長。逶迤自相屬。迴風動地起。秋草萋已緑。四時更變化。歲暮一何速。晨風懷苦心。蟋蟀傷局促。蕩滌放情志。何爲自結束。燕趙多佳人。美者顏如玉。被服羅裳衣。當户理清曲。音響一何悲。絃急知柱促。馳情整中帶。沉吟聊躑躅。思爲雙飛燕。銜泥巢君屋。或以「燕趙多佳人」下，另作一首。

驅車上東門。遥望郭北墓。白楊何蕭蕭。松柏夾廣路。下有陳死人。杳杳即長暮。潛寐黄泉下。千載永不寤。浩浩陰陽移。年命如朝露。人生忽如寄。壽無金石固。萬歲更相送。賢聖莫能度。服食求神仙。多爲藥所誤。不如飲美酒。被服紈與素。莊子曰：「人而無人道，是謂陳人也。」郭象曰：「陳，久也。」

去者日以疎。來者日以親。出郭門直視。但見丘與墳。古墓犂爲田。松柏摧爲薪。白楊多悲風。蕭蕭愁殺人。思還故里閭。欲歸道無因。

生年不滿百。常懷千歲憂。晝短苦夜長。何不秉燭遊。爲樂當及時。何能待來茲。愚者愛惜費。但爲後世嗤。仙人王子喬。難可與等期。

凜凜歲云暮。螻蛄夕鳴悲。涼風率已厲。遊子寒無衣。錦衾遺洛浦。同袍與我違。獨宿累長夜。夢想見容輝。良人惟古歡。枉駕惠前綏。願得常巧笑。攜手同車歸。既來不須臾。又不處重闈。亮無晨風翼。焉能淩風飛。盼睞以適意。引領遥相睎。徙倚懷感傷。垂涕沾雙扉。此相見無期，託之於夢也。「既來不須臾」二語，恍恍惚惚，寫夢境入神。

孟冬寒氣至。北風何慘慄。愁多知夜長。仰觀衆星列。三五明月滿。四五蟾兔缺。客從遠方來。遺我一書札。上言長相思。下言久離别。置書懷袖中。三歲字不滅。一心抱區區。懼君不識察。置書懷袖，親之也。三歲不滅，永之也。然區區之誠，君豈能察識哉？用意措詞，微而婉矣。

客從遠方來。遺我一端綺。相去萬餘里。故人心尚爾。文彩雙鴛鴦。裁爲合歡被。著掌呂反。以長相思。緣以絹切。以結不解。以膠投漆中。誰能别離此。

明月何皎皎。照我羅牀幃。憂愁不能寐。攬衣起徘徊。客行雖云樂。不如早旋歸。出户獨彷徨。愁思當告誰。引領還入房。淚下沾裳衣。十九首大率逐臣棄妻、朋友闊絶、死生新故之感，中間或寓言，或顯言，反覆低徊，抑揚不盡，使讀者悲感無端，油然善入。此國風之遺也。○言情不盡，其情乃長，後人患在好盡耳。讀十九首應有會心。○清和平遠，不必奇闢之思、驚險之句，而漢京諸古詩皆在其下，五言中方員之至。

擬蘇李詩

晨風鳴北林。熠熠東南飛。願言所相思。日暮不垂帷。明月照高樓。想見餘光輝。玄鳥夜過庭。髣髴能復飛。褰裳路踟蹰。彷徨不能歸。浮雲日千里。安知我心悲。思得瓊樹枝。以解長渴飢。擬詩非不高古，然乏和宛之音，去蘇李已遠。

鳳皇鳴高岡。有翼不好飛。安知鳳皇德。貴其來見稀。闕。

紅塵蔽天地。白日何冥冥。微陰盛殺氣。淒風從此興。招搖西北指。天漢東南傾。嗟爾穹廬子。獨行如履冰。短褐中無緒。帶斷續以繩。瀉水置瓶中。焉辨淄與澠。巢父不洗耳。後世有何稱。

古詩

上山採蘼蕪。下山逢故夫。長跪問故夫。新人復何如。新人雖言好。未若故人姝。顏色類相似。手爪不相如。新人從門入。故人從閤去。新人工織縑。故人工織素。織縑日一匹。織素五丈餘。將縑來比素。新人不如故。「手爪」謂手所織。

悲與親友別。氣結不能言。贈子以自愛。道遠會見難。人生無幾時。顛沛在其間。念子棄我去。新心有所歡。結志青雲上。何時復來還。

古詩三首

橘柚垂華實。乃在深山側。聞君好我甘。竊獨自彫飾。委身玉盤中。歷年冀見食。芳菲不相投。青黄忽改色。人儻欲我知。因君爲羽翼。區區之誠，冀達高遠。通首托物寄興，不露正意，彌見其高。

十五從軍征。八十始得歸。道逢鄉里人。家中有阿誰。遥望是君家。松柏冢累累。兔從狗竇入。雉從梁上飛。中庭生旅穀。井上生旅葵。烹穀持作飯。采葵持作羹。羹飯一時熟。不知貽阿誰。出門東向望。淚落沾我衣。「遥望」二句，乃鄉人答詞，下從征者入門之詞，古人詩每滅去針綫痕迹。○通章用支微韻，而「烹穀持作飯，采葵持作羹」二句，不入韻中，最是摇曳之至，非古人不能用韻也。

古詩一首

新樹蘭蕙葩。雜用杜蘅草。終朝采其華。日暮不盈抱。采之欲遺誰。所思在遠道。馨香易銷歇。繁華會枯槁。悵望何所言。臨風送懷抱。韻腳兩用「抱」字。

古詩二首

步出城東門。遥望江南路。前日風雪中。故人從此去。我欲渡河水。河水深無梁。願爲雙黄鵠。高飛還故鄉。

採葵莫傷根。傷根葵不生。結交莫羞貧。羞貧友不成。

甘瓜抱苦蔕。美棗生荆棘。利傍有倚刀。貪人還自賊。

古絶句

藁砧今何在。山上復有山。何當大刀頭。破鏡飛上天。通首隱語。

菟絲從長風。根莖無斷絶。無情尚不離。有情安可别。

雜歌謡辭

古　歌

高田種小麥。終久不成穗。男兒在他鄉。焉得不憔悴。興意若相關若不相關，所以爲妙。

淮南民歌

漢書：淮南厲王長，高帝少子也，廢法不軌，文帝徙之蜀嚴，道死，民作歌云。

〇下雜録歌謡。

一尺布。尚可縫。一斗粟。尚可舂。兄弟二人不相容。

潁川歌

漢書：灌夫不好文學，喜任俠，重然諾，諸所與交通，無非豪傑大猾。家累數千萬，食客日數十百人。陂池田園，宗族賓客爲權利，横潁川，潁川兒歌之：

潁水清。灌氏寧。潁水濁。灌氏族。

鄭白渠歌

漢書：漢大始中，趙中大夫白公奏穿鄭國渠，引涇水溉田。民得其饒，歌曰：

田于何所。池陽谷口。鄭國在前。白渠起後。舉鍤如雲。決渠爲雨。涇水一石。其泥數斗。且溉且糞。長我禾黍。衣食京師。億萬之口。

鮑司隸歌

列異傳云：鮑宣，宣子永，永子昱，三世皆爲司隸，而乘一驄馬，京師人歌之：

鮑氏驄。三人司隸再入公。馬雖瘦。行步工。

隴頭歌二首

隴頭流水。流離四下。念我行役。飄然曠野。登高望遠。涕零雙墮。

隴頭流水。鳴聲幽咽。遥望秦川。肝腸斷絶。

牢石歌

漢書佞幸傳：元帝時，宦官石顯爲中書令，與僕射牢梁、少府五鹿充宗，結爲黨友，附倚者皆得寵位，民歌云云。

牢耶石耶。五鹿客耶。印何纍纍。綬若若耶。

五鹿歌

漢書：五鹿充宗貴幸，爲梁丘易。元帝令與諸易家辨論，諸儒莫能抗。有薦朱雲者，攝齊登堂，抗首而講，音動左右，故諸儒語曰：

五鹿嶽嶽。朱雲折其角。

匈奴歌

十道志：焉支、祁連二山，皆美水草，匈奴失之，乃作此歌。

失我焉支山。令我婦女無顏色。失我祁連山。使我六畜不蕃息。

成帝時燕燕童謠

漢書五行志：成帝爲微行出遊，常與富平侯張放俱，稱富平侯家人。過河陽主作樂，見舞者趙飛燕而幸之。後宮皇子，卒皆誅死。

燕。燕。尾涎涎。張公子。時相見。木門倉琅根。燕飛來。啄皇孫。皇孫死。燕啄矢。

首二「燕」字，一字一句。張公子，謂富平侯也。

逐彈丸

西京雜記：韓嫣好彈，以金爲丸，京師兒童聞嫣出彈，輒隨之。

苦飢寒。逐彈丸。

成帝時歌謡 見漢書五行志。

邪徑敗良田。讒口亂善人。桂樹華不實。黄爵巢其顛。昔爲人所羨。今爲人所憐。桂，赤色，漢家象。「華不實」，無繼嗣也。王莽自謂黄象。「巢其顛」，篡形已成也。

投　閣 漢書：王莽篡位後，復上符命者，莽盡誅之。时揚雄校書天禄閣，使者欲收雄，雄恐，乃從閣自投，幾死。京師語曰：

惟寂寞。自投閣。爰清静。作符命。

竈下養 東觀漢紀：更始在長安，所授官爵，皆群小賈人，或膳夫、庖人。長安語曰：

竈下養。中郎將。爛羊胃。騎都尉。爛羊頭。關内侯。

城中謡 後漢書：前世長安城中謡言。改政移風，必有其本。上之所好，下必甚焉。

城中好高髻。四方高一尺。城中好廣眉。四方且半額。城中好大袖。四方全匹帛。

蜀中童謡　後漢書五行志：世祖時建武六年蜀中童謡。是時公孫述僭號於蜀，時人竊言王莽稱黄，述欲繼之，故稱白。五銖，漢家物，明當復也，述遂誅滅。

黄牛白腹。五銖當復。

順帝時京都童謡　後漢書五行志：李固爭清河王當立，梁冀立蠡吾侯，固幽斃於獄，而胡廣、趙戒、袁湯等一時封侯。京都童謡云：

直如弦。死道邊。曲如鉤。反封侯。

考城諺　後漢書：仇覽，考城人，爲蒲亭長。初到亭，有陳元之母，告元不孝。覽親到元家，爲陳人倫孝行，諭以禍福，元卒成孝子。鄉邑爲之諺曰：

父母何在在我庭。化我鴟梟哺所生。

桓帝初小麥童謡　後漢書五行志：元嘉中，涼州諸羌，一時俱反。命將出師，每戰常負，故云云。

小麥青青大麥枯。誰當穫者婦與姑。丈夫何在西擊胡。吏買馬。君具車。請爲諸君鼓嚨胡。「鼓嚨胡」，不敢公言，私咽語也。

桓靈時童謡

後漢書曰：桓帝之世，更相濫舉，人爲之謡。

舉秀才。不知書。舉孝廉。父别居。寒素清白濁如泥。音涅。高第良將怯如黽。音滅。

城上烏童謡

後漢書五行志曰：桓帝初京師童謡。按此刺爲政之貪也。「車班班，入河間」，言桓帝將崩，乘輿入河間迎靈帝也。「河間姹女工數錢」以下，靈帝既立，其母永樂太后好聚金錢，教靈帝賣官受錢。天下忠義之士，欲擊懸鼓以陳，而大吏既怒，無如何也。

城上烏。尾畢逋。公爲吏。子爲徒。一徒死。百乘車。車班班。入河間。河間姹女工數錢。以錢爲室金爲堂。石上慊慊舂黄粱。粱下有懸鼓。我欲擊之丞相怒。歌謡領其大意，不必字字歸著。與其穿鑿，毋甯闕疑。

靈帝末京都童謡

後漢書五行志曰：靈帝之末，京都童謡。○獻帝初立，未有爵號，爲中常侍段珪等所執。公卿百官，皆隨其後，到河上乃得還。此爲非侯非王上北邙者也。

侯非侯。王非王。千乘萬騎上北邙。

丁令威歌

搜神記：遼東城門有華表柱，忽有一白鶴集柱頭。時有少年欲射之，鶴乃飛，徘徊空中而言云：

有鳥有鳥丁令威。去家千歲今來歸。城郭如故人民非。何不學仙冢纍纍。

蘇耽歌

神仙傳：蘇耽仙去後，一鶴降郡屋，久而不去。郡僚子弟彈之，鶴乃舉足畫屋，若書字焉，其辭云云。

鄉原一別。重來事非。甲子不記。陵谷遷移。白骨蔽野。青山舊時。翹足高屋。下見群兒。我是蘇仙。彈我何爲。翻身雲外。卻返吾居。連上首，應是後人擬作。詞有可取，取之。

古詩源卷五

魏詩

武帝

孟德詩猶是漢音，子桓以下，純乎魏響。〇沈雄俊爽，時露霸氣。

短歌行

言當及時爲樂也。

對酒當歌。人生幾何。譬如朝露。去日苦多。慨當以慷。幽思難忘。何以解憂。惟有杜康。青青子衿。悠悠我心。但爲君故。沉吟至今。呦呦鹿鳴。食野之苹。我有嘉賓。鼓瑟吹笙。明明如月。何時可掇。憂從中來。不可斷絶。越陌度阡。枉用相存。契闊談讌。心念舊恩。月明星稀。烏鵲南飛。繞樹三匝。何枝可依。山不厭高。海不厭深。周公吐哺。天下歸心。「月明星稀」四句，喻客子無所依托。「山不厭高」四句，言王者不卻衆庶，故能成其大也。

觀滄海

東臨碣石。以觀滄海。水何澹澹。山島竦峙。樹木叢生。百草豐茂。秋風蕭瑟。洪波湧起。日月之行。若出其中。星漢燦爛。若出其裏。幸甚至哉。歌以詠志。有吞吐宇宙氣象。

土不同

鄉土不同。河朔隆寒。流澌浮漂。舟船行難。錐不入地。蘴籟深奥。水竭不流。冰堅可蹈。士隱者貧。勇俠輕非。心常歎怨。戚戚多悲。幸甚至哉。歌以詠志。即「好勇疾貧亂也」之意，寫得蒼勁蕭瑟。

龜雖壽

神龜雖壽。猶有竟時。騰蛇成霧。終爲土灰。老驥伏櫪。志在千里。烈士暮年。壯心不已。盈縮之期。不獨在天。養怡之福。可得永年。幸甚至哉。歌以詠志。「盈縮之期，不獨在天」，言已可造命也。○曹公四言，於三百篇外，自開奇響。

薤露

惟漢二十世。所任誠不良。沐猴而冠帶。知小而謀彊。猶豫不敢斷。因狩執君王。白虹爲貫日。己亦先受殃。賊臣執國柄。殺主滅宇京。蕩覆帝基業。宗廟以燔喪。播越西遷移。號泣而且行。瞻彼洛城郭。微子爲哀傷。此指何進召董卓事，漢末實録也。

蒿里行

關東有義士。興兵討群凶。初期會盟津。乃心在咸陽。軍合力不齊。躊躇而雁行。勢利使人爭。嗣還自相戕。淮南弟稱號。刻璽於北方。鎧甲生蟣蝨。萬姓以死亡。白骨露於野。千里無雞鳴。生民百遺一。念之斷人腸。此指本初、公路輩，討董卓而不能成功也。○借古樂府寫時事，始於曹公。

苦寒行

北上太行山。艱哉何巍巍。羊腸坂詰屈。車輪爲之摧。樹木何蕭瑟。北風聲正悲。熊羆對我蹲。虎豹夾路啼。谿谷少人民。雪落何霏霏。延頸長歎息。遠行多所懷。我心何怫鬱。思欲一東歸。水深橋梁絶。中路正徘徊。迷惑失故路。薄暮無宿棲。行行日已遠。人馬同時飢。擔囊行取薪。斧冰持作糜。悲彼東山詩。悠悠使我哀。

卻東西門行

鴻雁出塞北。乃在無人鄉。舉翅萬里餘。行止自成行。冬節食南稻。春日復北翔。田中有轉蓬。隨風遠飄揚。長與故根絶。萬歲不相當。奈何此征夫。安得去四方。戎馬不解鞍。鎧甲不離傍。冉冉老將至。何時返故鄉。神龍藏深泉。猛獸步高岡。狐死歸首丘。故鄉安可忘。

文帝

子桓詩有文士氣，一變乃父悲壯之習矣。要其便娟婉約，能移人情。

短歌行

仰瞻帷幕。俯察几筵。其物如故。其人不存。神靈倏忽。棄我遐遷。靡瞻靡恃。泣涕漣漣。呦呦遊鹿。銜草鳴麑。翩翩飛鳥。挾子巢棲。我獨孤煢。懷此百離。憂心孔疚。莫我能知。人亦有言。憂令人老。嗟我白髮。生一何早。長吟永歎。懷我聖考。曰仁者壽。胡不是保。此思親之作。

善哉行

上山採薇。薄暮苦饑。谿谷多風。霜露沾衣。野雉群雊。猴猿相追。還望故鄉。鬱何壘壘。平聲。高山有崖。林木有枝。憂來無方。人莫之知。人生如寄。多憂何爲。今我不樂。歲月如馳。湯湯川流。中有行舟。隨波迴轉。有似客遊。策我良馬。被我輕裘。載馳載驅。聊以忘憂。此詩客遊之感，憂來無方，寫憂劇深。末指客遊似行舟，反以行舟似客遊言之，措語既工復活。

雜詩

漫漫秋夜長。烈烈北風涼。展轉不能寐。披衣起彷徨。彷徨忽已久。白露沾我裳。俯視清水波。仰看明月光。天漢迴西流。三五正縱橫。草蟲鳴何悲。孤雁獨南翔。鬱鬱多悲思。緜緜思故鄉。願飛安得翼。欲濟河無梁。向風長歎息。斷絕我中腸。

西北有浮雲。亭亭如車蓋。惜哉時不遇。適與飄風會。吹我東南行。行行至吳會。吳會非我鄉。安得久留滯。棄置勿復陳。客子常畏人。二詩以自然爲宗，言外有無窮悲感。

至廣陵於馬上作

魏志：黄初六年，幸廣陵故城。臨江觀兵，戎卒十餘萬，旌旗數百里，因於馬上作詩。

觀兵臨江水。水流何湯湯。戈矛成山林。玄甲耀日光。猛將懷暴怒。膽氣正縱橫。誰云江水廣。一葦可以航。不戰屈敵虜。戢兵稱賢良。古公宅岐邑。實始翦殷商。孟獻營虎牢。鄭人懼稽顙。平聲。充國務耕殖。先零音憐。自破亡。興農淮泗間。築室都徐方。量宜運權略。六軍咸悦康。豈如東山詩。悠悠多憂傷。本難飛渡，卻云一葦可航，此勉强之詞也。然命意使事，居然獨勝。

寡婦

友人阮元瑜早亡，傷其妻寡居，爲作是詩。

霜露紛兮交下。木葉落兮淒淒。候雁叫兮雲中。歸燕翩兮徘徊。妾心感兮惆悵。白日忽兮西頹。守長夜兮思君。魂一夕兮九乖。悵延佇兮仰視。星月隨兮天迴。徒引領兮入房。竊自憐兮孤栖。願從君兮終没。愁何可兮久懷。潘岳寡婦賦序曰：「阮瑀既没，魏文悼之，並命知舊作寡婦之賦。」指是篇也。

燕歌行

廣題曰：燕，地名。言良人從役於燕，而爲此曲。

秋風蕭瑟天氣涼。草木摇落露爲霜。群燕辭歸雁南翔。念君客遊思斷腸。慊慊思歸戀故鄉。何爲淹留寄他方。賤妾煢煢守空房。憂來思君不敢忘。不覺淚下霑衣裳。援琴鳴絃發清商。短歌微吟不能長。明月皎皎照我牀。星漢西流夜未央。牽牛織女遥相望。爾獨何辜限河梁。和柔巽順之意，讀之油然相感。節奏之妙，不可思議。○句句用韻，掩抑徘徊。「短歌微吟不能長」，恰似自言其詩。

甄后

塘上行

蒲生我池中。其葉何離離。傍能行仁義。莫若妾自知。衆口鑠黄金。使君生别離。念君去我時。獨愁常苦悲。想見君顔色。感結傷心脾。念君常苦悲。夜夜不能寐。莫以賢豪故。弃捐素所愛。莫以魚肉賤。弃捐葱與薤。莫以麻枲賤。弃捐菅與蒯。出亦復苦愁。入亦復苦愁。邊地多悲風。樹木何脩脩。從軍致獨樂。延年壽千秋。末路反用説開，漢人樂府，往往有之。

明帝

種瓜篇

種瓜東井上。冉冉自踰垣。與君新爲婚。瓜葛相結連。寄託不肖軀。有如倚太山。兔絲無根株。蔓延自登緣。萍藻託清流。常恐身不全。被蒙丘山惠。賤妾執拳拳。天日照知之。想君亦俱然。

曹植

子建詩五色相宣，八音朗暢，使才而不矜才，用博而不逞博，蘇、李以下，故推大家。仲宣、公幹，烏可執金鼓而抗顔行也。

朔風詩

仰彼朔風。用懷魏都。願騁代馬。倏忽北徂。凱風永至。思彼蠻方。願隨越鳥。翻飛南翔。四氣代謝。懸景同影。運周。别如俯仰。脱若三秋。昔我初遷。朱華未希。今我旋止。素雪云飛。俯降千仞。仰登天阻。風飄蓬飛。載離寒暑。千仞易陟。天阻可越。昔我同袍。今永乖别。子好芳草。豈忘爾貽。繁華將茂。秋霜悴之。君不垂眷。豈云其誠。秋蘭可喻。桂樹冬榮。絃歌蕩思。誰與消憂。臨川暮思。何爲汎舟。豈無和樂。遊非我鄰。誰忘汎舟。愧無榜人。言君雖不垂眷，而己豈得不言其誠乎？故下接「秋蘭」云云。結意和平夷愉，詩中正則。

鰕䱇篇 䱇，同鱔，從旦不從且。他本誤作䱇，無此字也。

鰕䱇游潢潦。不知江海流。燕雀戲藩柴。安識鴻鵠遊。世士誠明性。大德固無儔。駕言登五嶽。然後小陵丘。俯觀上路人。勢利惟是謀。讎高念皇家。遠懷柔九州。撫劍而雷音。猛氣縱横浮。汎泊徒嗷嗷。誰知壯士憂。

泰山梁甫行

八方各異氣。千里殊風雨。劇哉邊海民。寄身於草野。妻子象禽獸。行止依林阻。柴門何蕭條。狐兔翔我宇。

箜篌引

置酒高殿上。親友從我遊。中廚辦豐膳。烹羊宰肥牛。秦筝何慷慨。齊瑟和且柔。陽阿奏奇舞。京洛出名謳。樂飲過三爵。緩帶傾庶羞。主稱千年壽。賓奉萬年酬。久要不可忘。薄終義所尤。謙謙君子德。磬折欲何求。驚風飄白日。光景馳西流。盛時不可再。百年忽我遒。生存華屋處。零落歸山丘。先民誰不死。知命復何憂。

怨歌行

爲君既不易。爲臣良獨難。忠信事不顯。乃有音又。見疑患。周公佐成王。金縢功不刊。推心輔王室。二叔反流言。待罪居東國。泫涕常流連。皇靈大動變。震雷風且寒。拔樹偃秋稼。天威不可干。素服開金縢。感悟求其端。公旦事既顯。成王乃哀歎。吾欲竟此曲。此曲悲且長。今日樂相樂。别後莫相忘。「忠信事不顯」，言忠信之心，不欲人知也。如周公納祝詞於匱中之類。○末四句竟用成語，古人不忌。

名都篇

名都者，邯鄲、臨淄之類也。以刺時人騎射之妙，游騁之樂，而無憂國之心也。

名都多妖女。京洛出少年。寶劍直千金。被服麗且鮮。鬬雞東郊道。走馬長楸間。馳騁未能半。雙兔過我前。攬弓捷鳴鏑。長驅上南山。左挽因右發。一縱兩禽連。餘巧未及展。仰手接飛鳶。觀者咸稱善。衆工歸我妍。我歸宴平樂。美酒斗十千。膾鯉臇子兗切。胎鰕。寒鼈炙熊蹯。鳴儔嘯匹侣。列坐竟長筵。連翩擊鞠壤。巧捷惟萬端。白日西南馳。光景不可攀。雲散還城邑。清晨復來還。鄭玄周禮注曰：凡鳥獸未孕曰禽，不獨鳥也。

○名都、白馬二篇，敷陳藻彩，所謂修詞之章也。○起句以妖女陪少年，乃客意也。

美女篇

美女者，以喻君子。言君子有美行，願得賢君而事之。若不遇時，雖見徵求，終不屈也。

美女妖且閑。採桑歧路間。柔條紛冉冉。落葉何翩翩。攘袖見素手。皓腕約金環。頭上金爵釵。腰佩翠琅玕。明珠交玉體。珊瑚間木難。羅衣何飄飄。輕裾隨風還。顧盼遺光彩。長嘯氣若蘭。行徒用息駕。休者以忘餐。借問女安居。乃在城南端。青樓臨大路。高門結重關。容華耀朝日。誰不希令顏。媒氏何所營。玉帛不時安。佳人慕高義。求賢良獨難。衆人徒嗷嗷。安知彼所觀。盛年處房室。中夜起長歎。南越志曰：木難，金翅鳥沫所成碧色珠也。○「玉帛不時安」，安，定也。○篇中複二「難」字。○寫美女如見君子品節，此不專以華縟勝人。

白馬篇

白馬者，言人當立功爲國，不可念私也。

白馬飾金羈。連翩西北馳。借問誰家子。幽并遊俠兒。少小去鄉邑。揚聲沙漠垂。宿昔秉良弓。楛矢何參差。控弦破左的。右發摧月支。仰手接飛猱。俯身散馬蹄。狡捷過猴猿。勇剽若豹螭。邊城多警急。胡虜數遷移。羽檄從北來。厲馬登高隄。長驅蹈匈奴。左顧凌鮮卑。棄身鋒刃端。性命安可懷。父母且不顧。何言子與妻。名編壯士籍。不得中顧私。捐軀赴國難。視死忽如歸。

聖皇篇

聖皇應曆數。正康帝道休。九州咸賓服。威德洞八幽。三公奏諸公。不得久淹留。藩位任至重。舊章咸率由。侍臣省文奏。陛下體仁慈。沉吟有愛戀。不忍聽可之。迫有官典憲。不得顧恩私。諸王當就國。璽綬何累縗。便時舍外殿。宮省寂無人。主上增顧念。皇母懷苦辛。何以爲贈賜。傾府竭寶珍。文錢百億萬。采帛若煙雲。乘輿服御物。錦羅與金銀。龍旂垂九旒。羽蓋參班輪。諸王自計念。無功荷厚德。思一効筋力。糜軀以報國。鴻臚擁節衛。副使隨經營。貴戚並出送。夾道交輜軿。車服齊整設。韡爗曜天精。武騎衛前後。鼓吹簫笳聲。祖道魏東門。淚下霑冠纓。攀蓋因内顧。俛仰慕同生。行行將日暮。何時還闕庭。車輪爲徘徊。四馬躊躇鳴。路人尚酸鼻。何況骨肉情。處猜嫌疑貳之際，以執法歸臣下，以恩賜歸君上，此立言最得體處。王摩詰詩云：「執政方持法，明君無此心。」深得斯旨。〇「何以爲贈賜」一段，極形君賜之盛，若誇耀不絶口者，然其情愈悲矣。

吁嗟篇 時法制待藩國峻迫，植十一年三徙都，故云。

吁嗟此轉蓬。居世何獨然。長去本根逝。夙夜無休閒。東西經七陌。南北越九阡。卒遇回風起。吹我入雲間。自謂終天路。忽然下沈泉。驚飆接我出。故歸彼中田。當南而更北。謂東而反西。叶先。宕宕當何依。忽亡而忽存。飄颻周八澤。連翩歷五山。流轉無恒處。誰知我苦艱。願爲中林草。秋隨野火燔。糜滅豈不痛。願與根荄連。遷轉之痛，至願歸糜滅，情事有不忍言者矣。此而不怨，是愈疏也。陳思之怨，爲獨得其正云。

棄婦篇

石榴植前庭。緑葉摇縹青。丹華灼烈烈。璀璨有光榮。光榮曄流離。可以戲淑靈。有鳥飛來集。拊翼以悲鳴。悲鳴夫何爲。丹華實不成。拊心常歎息。無子當歸寧。有子月經天。無子若流星。天月相終始。流星没無精。棲遲失所宜。下與瓦石并。憂懷從中來。歎息通雞鳴。反側不能寐。逍遥於前庭。踟蹰還入房。肅肅帷幕聲。搴帷更攝帶。撫絃彈鳴箏。慷慨有餘音。要妙悲且清。收淚長歎息。何以負神靈。招摇待霜露。何必春夏成。晚穫爲良實。願君且安寧。怨而委之於命，可以怨矣。結希恩萬一，情愈悲，詞愈苦。○篇中用韻，一一「庭」字，一一「靈」字，一一「鳴」字，一一「成」字，一一「寧」字。

當來日大難

日苦短。樂有餘。乃置玉罇辦東廚。廣情故。心相於。闔門置酒。和樂欣欣。遊馬後來。轅車解輪。今日同堂。出門異鄉。别易會難。各盡杯觴。

野田黄雀行

高樹多悲風。海水揚其波。利劍不在掌。結友何須多。不見籬間雀。見鷂自投羅。羅家得雀喜。少年見雀悲。拔劍捎羅網。黄雀得飛飛。飛飛摩蒼天。來下謝少年。是遊俠，亦是仁人。語悲而音爽。

當牆欲高行

龍欲升天須浮雲。人之仕進待中人。衆口可以鑠金。讒言三至。慈母不親。憒憒俗間。不辨僞真。願欲披心自説陳。君門以九重。道遠河無津。

贈徐幹

驚風飄白日。忽然歸西山。圓景同影。光未滿。衆星粲以繁。志士營世業。小人亦不閒。聊且夜行遊。遊彼雙闕間。文昌鬱雲興。迎風高中天。春鳩鳴飛棟。流猋激櫺軒。顧念蓬室士。貧賤誠足憐。薇藿弗充虚。皮褐猶不全。慷慨有悲心。興文自成篇。寶棄怨何人。和氏有其愆。彈冠俟知己。知己誰不然。良田無晚歲。膏澤多豐年。亮懷璵美。積久德愈宣。親交義在敦。中章復何言。文昌，魏殿名。迎風，觀名。○「良田」二句，喻有德者必榮也。

贈丁儀

初秋涼氣發。庭樹微銷落。凝霜依玉除。清風飄飛閣。朝雲不歸山。霖雨成川澤。黍稷委疇隴。農夫安所穫。在貴多忘賤。爲恩誰能博。狐白足禦冬。焉念無衣客。思慕延陵子。寶劍非所惜。子其寧爾心。親交義不薄。

又贈丁儀王粲一首

從軍度函谷。驅馬過西京。山岑高無極。涇渭揚濁清。壯哉帝王居。佳麗殊百城。員闕出浮雲。承露扢泰清。皇佐揚天惠。四海無交兵。權家雖愛勝。全國爲令名。君子在末位。不能歌德聲。丁生怨在朝。王子歡自營。歡怨非貞則。中和誠可經。西都賦曰：「扢仙掌與承露」，扢，摩也，「概」與「扢」古字通。○皇佐，謂太祖也。○權家，兵家也。○詩以議論勝，末進以中和，古人規箴有體。○家令謂「子建『函京』之作」，指此。

贈白馬王彪

序曰：黃初四年正月，白馬王、任城王與余俱朝京師。會節氣到洛陽，任城王薨。至七月，與白馬王還國。後有司以二王歸藩，道路宜異宿止，意毒恨之。蓋以大別在數日，是用自剖，與王辭焉，憤而成篇。

謁帝承明廬。逝將歸舊疆。清晨發皇邑。日夕過首陽。伊洛廣且深。欲濟川無梁。汎舟越洪濤。怨彼東路長。顧瞻戀城闕。引領情内傷。太谷何寥廓。山樹鬱蒼蒼。霖雨泥我塗。流潦浩縱横。中逵絶無軌。改轍登高岡。修坂造雲日。我馬玄以黄。

玄黄猶能進。我思鬱以紆。鬱紆將何念。親愛在離居。本圖相與偕。中更不克俱。鴟梟鳴衡軛。豺狼當路衢。蒼蠅間白黑。讒巧令親疎。欲還絶無蹊。攬轡止踟躕。

踟躕亦何留。相思無終極。秋風發微涼。寒蟬鳴我側。原野何蕭條。白日忽西匿。歸鳥赴高林。翩翩厲羽翼。孤獸走索群。銜草不遑食。感物傷我懷。撫心長太息。

太息將何爲。天命與我違。奈何念同生。一往形不歸。孤魂翔故域。靈柩寄京師。存者忽復過。亡没身自衰。人生處一世。去若朝露晞。年在桑榆間。影響不能追。自顧非金石。咄唶令心悲。此章乃一篇正意，置在孤獸索群下，章法絶佳。

心悲動我神。棄置莫復陳。丈夫志四海。萬里猶比鄰。恩愛苟不虧。在遠分日親。何必同衾幬。然後展殷勤。憂思成疾疹。無乃兒女仁。倉卒骨肉情。能不懷苦辛。此章無可奈何之詞。人當極無聊後，每作此以强解也。

苦辛何慮思。天命信可疑。虚無求列仙。松子久吾欺。變故在斯須。百年誰能持。離別永無會。執手將何時。王其愛玉體。俱享黄髮期。收淚即長路。援筆從此辭。末章如賦中之「亂」，幾於生人作死別矣。

贈王粲

端坐苦愁思。攬衣起西遊。樹木發春華。清池激長流。中有孤鴛鴦。哀鳴求匹儔。我願執此鳥。惜哉無輕舟。欲歸忘故道。顧望但懷愁。悲風鳴我側。羲和逝不留。重陰潤萬物。何懼澤不周。誰令君多念。自使懷百憂。

送應氏詩二首

步登北邙阪。遥望洛陽山。洛陽何寂寞。宫室盡燒焚。垣牆皆頓擗。荆棘上參天。不見舊耆老。但覩新少年。側足無行徑。荒疇不復田。遊子久不歸。不識陌與阡。中野何蕭條。千里無人煙。念我平常居。氣結不能言。時董卓遷獻帝於西京，洛陽被燒，故詩中云然。

清時難屢得。嘉會不可常。天地無終極。人命若朝霜。願得展嬿婉。我友之朔方。親昵並集送。置酒此河陽。中饋豈獨薄。賓飲不盡觴。愛至望苦深。豈不愧中腸。山川阻且遠。别促會日長。願爲比翼鳥。施翮起高翔。

雜詩

高臺多悲風。朝日照北林。之子在萬里。江湖迥且深。方舟安可極。離思故難任。孤雁飛南遊。過庭長哀吟。翹思慕遠人。願欲託遺音。形影忽不見。翩翩傷我心。

轉蓬離本根。飄颻隨長風。何意迴飆舉。吹我入雲中。高高上無極。天路安可窮。類此遊客子。捐軀遠從戎。毛褐不掩形。薇藿常不充。去去莫復道。沈憂令人老。陳思最工起調，如「高臺多悲風」，「轉蓬離本根」之類是也。

南國有佳人。容華若桃李。朝遊江北岸。夕宿瀟湘沚。時俗薄朱顏。誰爲發皓齒。俛仰歲將暮。榮耀難久恃。

攬衣出中闈。逍遥步兩楹。閒房何寂寞。緑草被階庭。空室自生風。百鳥翔南征。春思安可忘。憂戚與我并。佳人在遠道。妾身獨單煢。歡會難再遇。芝蘭不重榮。人皆棄舊愛。君豈若平生。寄松爲女蘿。依水如浮萍。束身奉衿帶。朝夕不墮傾。儻終顧盼恩。永副我中情。

僕夫早嚴駕。吾將遠行遊。遠遊欲何之。吴國爲我仇。將騁萬里塗。東路安足由。江介多悲風。淮泗馳急流。願欲一輕濟。惜哉無方舟。閒居非吾志。甘心赴國憂。即自試表中意。

七哀詩

韻語陽秋：痛而哀，義而哀，感而哀，怨而哀，耳目聞見而哀，口歎而哀，鼻酸而哀，謂之「七哀」。

明月照高樓。流光正徘徊。上有愁思婦。悲歎有餘哀。借問歎者誰。言是宕子妻。君行踰十年。孤妾常獨棲。君若清路塵。妾若濁水泥。浮沉各異勢。會合何時諧。願爲西南風。長逝入君懷。君懷良不開。賤妾當何依。此種大抵思君之辭，絶無華飾，性情結撰，其品最工。

情詩

微陰翳陽景。清風飄我衣。遊魚潛緑水。翔鳥薄天飛。眇眇客行士。遥役不得歸。始出嚴霜結。今來白露晞。遊子歎黍離。處者歌式微。慷慨對嘉賓。悽愴内傷悲。

七步詩

世說新語：文帝嘗令東阿王七步中作詩，不成者行大法。應聲云云，帝有慚色。

煮豆持作羹。漉豉以爲汁。萁在釜中然。豆在釜中泣。本是同根生。相煎何太急。至性語，貴在質樸。〇一本只作四句，略有異同。

古詩源卷六

魏詩

王粲

贈蔡子篤詩

蔡睦，字子篤，爲尚書。仲宣與之同避難荆州，子篤還，仲宣作此贈之。

翼翼飛鸞。載飛載東。我友云徂。言戾舊邦。舫舟翩翩。以泝大江。蔚矣荒塗。時行靡通。慨我懷慕。君子所同。悠悠世路。亂離多阻。濟岱江行。邈焉異處。風流雲散。一別如雨。人生實難。願其弗與。瞻望遐路。允企伊佇。烈烈冬日。肅肅淒風。潛鱗在淵。歸雁載軒。苟非鴻鵰。孰能飛翻。雖則追慕。予思罔宣。瞻望東路。慘愴增歎。率彼江流。爰逝靡期。君子信誓。不遷于時。及子同寮。生死固之。何以贈行。言授斯詩。中心孔悼。涕淚漣洏。嗟爾君子。如何勿思。

七哀詩

西京亂無象。豺虎方遘患。復棄中國去。遠身適荊蠻。親戚對我悲。朋友相追攀。出門無所見。白骨蔽平原。路有饑婦人。抱子棄草間。顧聞號泣聲。揮涕獨不還。未知身死處。何能兩相完。驅馬棄之去。不忍聽此言。南登霸陵岸。回首望長安。悟彼下泉人。喟然傷心肝。「未知身死處」二句，婦人之詞。○此杜少陵無家別、垂老別諸篇之祖也。○隱侯謂「仲宣『霸岸』之篇」，指此。

荊蠻非吾鄉。何爲久滯淫。方舟溯大江。日暮愁我心。山岡有餘暎。巖阿增重陰。狐狸馳赴穴。飛鳥翔故林。流波激清響。猴猿臨岸吟。迅風拂裳袂。白露霑衣襟。獨夜不能寐。攝衣起撫琴。絲桐感人情。爲我發悲音。羇旅無終極。憂思壯難任。

邊城使心悲。昔我親更之。冰雪截肌膚。風飄無止期。百里不見人。草木誰當遲。與治同，平聲。登城望亭隧。翩翩飛戍旗。行者不顧反。出門與家辭。子弟多俘虜。哭泣無已時。天下盡樂土。何爲久留兹。蓼蟲不知辛。去來勿與諮。

陳琳

飲馬長城窟行

飲馬長城窟。水寒傷馬骨。往謂長城吏。慎莫稽留太原卒。官作自有程。舉築諧汝聲。

男兒寧當格鬭死。何能怫鬱築長城。長城何連連。連連三千里。邊城多健少。内舍多寡婦。作書與内舍。便嫁莫留住。善侍新姑嫜。時時念我故夫子。報書往邊地。君今出語一何鄙。身在禍難中。何爲稽留他家子。生男慎莫舉。生女哺用脯。君獨不見長城下。死人骸骨相撑拄。結髮行事君。慊慊心意間。明知邊地苦。賤妾何能久自全。

「舉築諧汝聲」，言同聲用力也。○「作書與内舍」，健少作書也。「報書往邊地」二句，内舍答書也。「身在禍難中」六句，又健少之詞。「結髮行事君」四句，又内舍之詞。無問答之痕，而神理井然，可與漢樂府競爽矣。

劉楨

贈從弟三首

汎汎東流水。磷磷水中石。蘋藻生其涯。華紛何擾弱。采之薦宗廟。可以羞嘉客。豈無園中葵。懿此出深澤。

亭亭山上松。瑟瑟谷中風。風聲一何盛。松枝一何勁。冰霜正慘悽。終歲常端正。豈不罹凝寒。松柏有本性。

鳳凰集南嶽。徘徊孤竹根。於心有不厭。奮翅凌紫氛。豈不常勤苦。羞與黄雀群。何時當來儀。將須聖明君。贈人之作，通用比體，亦是一格。

徐幹

室思

人靡不有初。想君能終之。别來歷年歲。舊恩何可期。重新而忘故。君子所猶譏。寄聲雖在遠。豈忘君須臾。既厚不爲薄。想君時見思。此託言閨人之詞也。自處於厚，而望君不薄，情極深至。

雜詩

浮雲何洋洋。願因通我詞。飄飄不可寄。徙倚徒相思。人離皆復會。君獨無返期。自君之出矣。明鏡暗不治。思君如流水。何有窮已時。末四句後人擬者多矣，總遜其自然。

應瑒

侍五官中郎將建章臺集詩一首

建安十六年，天子命世子丕爲五官中郎將。

朝雁鳴雲中。音響一何哀。問子遊何鄉。戢翼正徘徊。言我寒門來。將就衡陽棲。往春翔北土。今冬客南淮。遠行蒙霜雪。毛羽日摧頹。常恐傷肌骨。身隕沉黄泥。簡珠墮沙石。何能中自諧。欲因雲雨會。濯翼陵高梯。良遇不可値。伸眉路何階。公子敬愛客。樂飲不知疲。和顔既以暢。乃肯顧細微。贈詩見存慰。小子非所宜。爲且極歡情。不醉其無歸。凡百敬爾位。以副飢渴懷。簡珠，喻君子。沙石，喻小人。淮南子曰：「周之簡珪，産於垢土。」簡，大也。○魏人公讌，俱極平庸，後人應酬詩從此開出。篇中代雁爲詞，音調悲切，異於衆作，存此以備一格。

别詩

朝雲浮四海。日暮歸故山。行役懷舊土。悲思不能言。悠悠涉千里。未知何時旋。

應璩

百一詩

百一詩序曰：時謂曹爽曰：「今公聞周公巍巍之稱，安知百慮有一失乎？」「百一」之名取此。○璩詩百餘篇，大率諷刺時事。

下流不可處。君子愼厥初。名高不宿著。易用受侵誣。前者隳官去。有人適我閭。田家無所有。酌醴焚枯魚。問我何功德。三入承明廬。所占於此土。是謂仁智居。文章不經國。筐篋無尺書。用等稱才學。往往見歎譽。避席跪自陳。賤子實空虚。宋人遇周客。慙愧靡所如。「下流」一章，自侮也。○「問我何功德」至「往往見歎譽」，皆問者之詞。下四句自答。○遇周客，指宋之愚人寶燕石事。

雜詩

細微苟不慎。隄潰自蟻穴。腠理早從事。安復勞鍼石。哲人覩未形。愚夫闇明白。曲突不見賓。焦爛爲上客。思願獻良規。江海倘不逆。狂言雖寡善。猶有如雞跖。雞跖食不已。齊王爲肥澤。進言聽言意，愈隱愈顯。

繆襲

克官渡

晉書樂志曰：改漢上之回爲克官渡，言曹公與袁紹戰，破之於官渡也。

克紹官渡由白馬。僵尸流血被原野。賊衆如犬羊。王師尚寡。沙塠傍。風飛揚。轉戰不利士卒傷。今日不勝後何望。土山地道不可當。卒勝大捷震冀方。屠城破邑。神武遂章。音節自佳。

定武功

改漢戰城南爲定武功，言曹公初破鄴，武功之定，始乎此也。

定武功。濟黄河。河水湯湯。旦暮有横流波。袁氏欲衰。兄弟尋干戈。決漳水。水流滂沱。嗟城中。如流魚。誰能復顧室家。計窮慮盡。求來連和。和不時。心中憂戚。賊衆内潰。君臣奔北。拔鄴城。奄有魏國。王業艱難。覽觀古今。可爲長歎。

屠柳城

改漢巫山高爲屠柳城，言曹公越北塞，歷白檀，破三郡烏桓於柳城也。

屠柳城。功誠難。越度隴塞。路漫漫。北踰岡平。但聞悲風正酸。蹋頓授首。遂登白狼山。神武慹海外。永無北顧患。慹，音質，怖也。漢朱博傳：豪强慹服。

戰滎陽

改漢思悲翁爲戰滎陽，言曹公也。

戰滎陽。汴水陂。戎士憤怒。貫甲馳。陣未成。退徐滎。二萬騎。塹壘平。戎馬傷。六軍驚。勢不集。衆幾傾。白日没。時晦冥。顧中牟。心屏營。同盟疑。計無成。賴我武皇。萬國寧。

挽　歌

生時遊國都。死没棄中野。朝發高堂上。暮宿黄泉下。白日入虞淵。懸車息駟馬。造化雖神明。安能復存我。形容稍歇滅。齒髮行當墮。自古皆有然。誰能離此者。

左延年

從軍行 亦作漢詞。

苦哉邊地人。一歲三從軍。三子到燉煌。二子詣隴西。叶。五子遠鬬去。五婦皆懷身。

阮籍

詠懷

阮公詠懷，反覆零亂，興寄無端，和愉哀怨，雜集於中，令讀者莫求歸趣。此其爲阮公之詩也。必求時事以實之，則鑿矣。○其原自離騷來。

夜中不能寐。起坐彈鳴琴。薄帷鑒明月。清風吹我襟。孤鴻號外野。翔鳥鳴北林。徘徊將何見。憂思獨傷心。

二妃遊江濱。逍遥順風翔。交甫懷環珮。婉孌有芬芳。猗靡情歡愛。千載不相忘。傾城迷下蔡。容好結中腸。感激生憂思。萱草樹蘭房。膏沐爲誰施。其雨怨朝陽。如何金石交。一旦更離傷。即「未見好德如好色」意。

嘉樹下成蹊。東園桃與李。秋風吹飛藿。零落從此始。繁華有憔悴。堂上生荆杞。驅馬舍之去。去上西山趾。一身不自保。何況戀妻子。凝霜被野草。歲暮亦云已。歲暮，隱指時亂也。一結見否終則傾，有去之恐不速意。

平生少年時。輕薄好絃歌。西遊咸陽中。趙李相經過。娛樂未終極。白日忽蹉跎。驅車復來歸。反顧望三河。黄金百鎰盡。資用常苦多。北臨太行道。失路將如何。漢成帝數微行，近幸小臣，趙、李從微賤專寵。此借言游俠之儔也。顔延年注謂趙飛燕、李夫人，恐不可從。

昔聞東陵瓜。近在青門外。連畛距阡陌。子母相鉤帶。五色耀朝日。嘉賓四面會。膏火自煎熬。多財爲患害。布衣可終身。寵禄豈足賴。

灼灼西隤日。餘光照我衣。迴風吹四壁。寒鳥相因依。周周尚銜羽。蛩蛩亦念饑。如何當路子。磬折忘所歸。豈爲夸譽名。憔悴使心悲。寧與燕雀翔。不隨黄鵠飛。黄鵠遊四海。中路將安歸。周周，鳥名，銜羽而飲。蛩蛩，亦作邛邛，獸名，相並而行。○此章爲知進而不知退者言。末見己非沖天之質，宜相隨燕雀，不宜與黄鵠並舉也。蓋鄙之之詞。○韻用二「歸」字。

步出上東門。北望首陽岑。下有采薇士。上有嘉樹林。良辰在何許。凝霜霑衣襟。寒風振山岡。玄雲起重陰。鳴雁飛南征。鶗鴂發哀音。素質由商聲。悽愴傷我心。隱侯曰：「致此彫素之質，由於商聲用事秋時也。」「游」字應作「由」，古人字類無定也。

湛湛長江水。上有楓樹林。皋蘭被徑路。青驪逝駸駸。遠望令人悲。春氣感我心。三楚多秀士。朝雲進荒淫。朱華振芬芳。高蔡相追尋。一爲黄雀哀。淚下誰能禁。末四句隱用莊辛諫楚王語意。

開秋兆涼氣。蟋蟀鳴牀帷。感物懷殷憂。悄悄令心悲。多言焉所告。繁辭將訴誰。微風吹羅袂。明月耀清暉。晨雞鳴高樹。命駕起旋歸。「多言」、「繁辭」二語，重言之。

昔年十四五。志尚好詩書。被褐懷珠玉。顏閔相與期。開軒臨四野。登高望所思。丘墓蔽山岡。萬代同一時。千秋萬歲後。榮名安所之。乃悟羨門子。噭噭今自嗤。翻「榮名以爲寶」句。噭噭，指顏、閔相與期也。

裴徊蓬池上。還顧望大梁。緑水揚洪波。曠野莽茫茫。走獸交横馳。飛鳥相隨翔。是時鶉火中。日月正相望。朔風厲嚴寒。陰氣下微霜。羈旅無儔匹。俛仰懷哀傷。小人計其功。君子道其常。豈惜終憔悴。詠言著斯章。君子道其常，往往憔悴，然豈緣此爲惜乎？是真能立志砥節者。○「君子道其常，小人計其功」，本孫卿子語。

獨坐空堂上。誰可與歡者。出門臨永路。不見行車馬。登高望九州。悠悠分曠野。孤鳥西北飛。離獸東南下。日暮思親友。晤言用自寫。

懸車在西南。羲和將欲傾。流光耀四海。忽忽至夕冥。朝爲咸池暉。蒙汜受其榮。豈知窮達士。一死不再生。視彼桃李花。誰能久熒熒。君子在何許。歎息未合并。瞻仰景山松。可以慰吾情。

西方有佳人。皎若白日光。被服纖羅衣。左右珮雙璜。修容耀姿美。順風振微芳。登高眺所思。舉袂當朝陽。寄顔雲霄間。揮袖凌虚翔。飄颻恍惚中。流眄顧我傍。悦懌未交接。晤言用感傷。

灼灼西隤日

於心懷寸陰。羲陽將欲冥。揮袂撫長劍。仰觀浮雲征。雲間有玄鶴。抗志揚哀聲。一飛沖青天。曠世不再鳴。豈與鶉鷃遊。連翩戲中庭。「曠世不再鳴」，猶王仲淹獻策後，不復再出也，爲高士寫照。後「鳳凰」一章，有「子欲居九夷」意。

駕言發魏都。南向望吹臺。簫管有遺音。梁王安在哉。戰士食糟糠。賢者處蒿萊。歌舞曲未終。秦兵已復來。夾林非吾有。朱宫生塵埃。軍敗華陽下。身竟爲土灰。

朝陽不再盛。白日忽西幽。去此若俯仰。如何似九秋。人生若塵露。天道邈悠悠。齊景升丘山。涕泗紛交流。孔聖臨長川。惜逝忽若浮。去者余不及。來者吾不留。願登太華山。上與松子遊。漁父知世患。乘流泛輕舟。

儒者通六藝。立志不可干。違禮不爲動。非法不肯言。渴飲清泉流。饑食并一簞。歲時無以祀。衣服常苦寒。屣履詠南風。緼袍笑華軒。信道守詩書。義不受一餐。烈烈褒貶辭。老氏用長歎。儒者守義，老氏守雌，道既不同，宜聞言而長歎也。魏晉人崇尚老莊，然此詩言各從其志，無進退兩家意。

林中有奇鳥。自言是鳳凰。清朝飲醴泉。日夕棲山岡。高鳴徹九州。延頸望八荒。適逢商風起。羽翼自摧藏。一去崑崙西。何時復迴翔。但恨處非位。愴悢使心傷。鳳凰本以鳴國家之盛，今九州八荒，無可展翅，而遠去崑崙之西，於潔身之道得矣，其如處非其位何！所以愴然心傷也。

出門望佳人。佳人豈在茲。三山招松喬。萬世誰與期。存亡有長短。慷慨將焉知。忽忽朝日隤。行行將何之。不見季秋草。摧折在今時。顏延年曰：説者謂阮籍在晉文代，常慮禍患，故發此詠。看來諸詠非一時所作，因情觸景，隨興寓言，有説破者，有不説破者，忽哀忽樂，俶詭不羈。○十九首後，復有此種筆墨，文章一轉關也。○詠懷詩當領其大意，不必逐章分解。

大人先生歌

天地解兮六合開。星辰隕兮日月頹。我騰而上將何懷。

嵇康

叔夜四言，時多俊語，不摹倣三百篇，允爲晉人先聲。

雜詩

微風清扇。雲氣四除。皎皎亮月。麗于高隅。興命公子。攜手同車。龍驥翼翼。揚鑣踟躕。肅肅宵征。造我友廬。光燈吐輝。華幔長舒。鸞觴酌醴。神鼎烹魚。絃超子野。歎過綿駒。流詠太素。俯讚玄虛。孰克英賢。與爾剖符。言詠讚道妙，游心恬漠，誰能以英賢之德，與爾分符而仕乎！

贈秀才入軍 從兄秀才公穆，即熹也。

良馬既閑。麗服有暉。左攬繁弱。右接忘歸。風馳電逝。躡景追飛。凌厲中原。顧盼生姿。攜我好仇。載我輕車。南凌長阜。北厲清渠。仰落驚鴻。俯引淵魚。盤于游田。其樂只且。新序曰：楚王載繁弱之弓，忘歸之矢，以射兕於雲夢。

輕車迅邁。息彼長林。春木載榮。布葉垂陰。習習谷風。吹我素琴。咬音交。咬黃鳥。顧儔弄音。感悟馳情。思我所欽。心之憂矣。永嘯長吟。

浩浩洪流。帶我邦畿。萋萋緑林。奮榮揚暉。魚龍瀺灂。山鳥群飛。駕言出遊。日夕忘歸。思我良朋。如渴如饑。願言不獲。愴矣其悲。

息徒蘭圃。秣馬華山。流磻平皋。垂綸長川。目送歸鴻。手揮五絃。俯仰自得。游心太玄。嘉彼釣叟。得魚忘筌。郢人逝矣。誰與盡言。

閑夜肅清。朗月照軒。微風動袿。組帳高褰。旨酒盈樽。莫與交歡。鳴琴在御。誰與鼓彈。仰慕同趣。其馨如蘭。佳人不存。能不永歎。首章贈入軍，以下皆相思之詞。○共十九章，此係節録。

幽憤詩

晉書：康與呂安善。安後爲兄所枉訴，以事繫獄，詞相證引，遂收康。康乃作此詩。

嗟余薄祜。少遭不造。哀煢靡識。越在繦緥。母兄鞠育。有慈無威。恃愛肆姐。子豫反。不訓不師。爰及冠帶。憑寵自放。抗心希古。任其所尚。託好老莊。賤物貴身。志在守樸。養素全真。曰余不敏。好善闇人。子玉之敗。屢增維塵。大人含弘。藏垢懷恥。民之多僻。政不由己。惟此褊心。顯明臧否。感悟思愆。怛若創痏。欲寡其過。謗議沸騰。性不傷物。頻致怨憎。昔慚柳惠。今媿孫登。内負宿心。外恧良朋。仰慕嚴鄭。樂道閑居。與世無營。神氣晏如。咨予不淑。嬰累多虞。匪降自天。實由頑疏。理弊患結。卒致囹圄。對答鄙訊。縶此幽阻。實恥訟冤。時不我與。雖曰義直。神辱志沮。澡身滄浪。豈曰能補。嗈嗈鳴雁。奮翼北遊。順時而動。得意忘憂。嗟我憤歎。曾莫能儔。事與願違。遘兹淹留。窮達有命。亦又何求。古人有言。善莫近名。奉時恭默。咎悔不生。萬石周慎。安親保榮。世務紛紜。祇攪予情。安樂必誡。乃終利貞。煌煌靈芝。一年三秀。予獨何爲。有志不就。懲難思復。心焉内疚。庶勗將來。無馨無臭。采薇山阿。散髮巖岫。永嘯長吟。頤性養壽。通篇直直敘去，自怨自艾，若隱若晦。「好善闇人」，牽引之由也；「顯明臧否」，得禍之由也。至云「澡身滄浪，豈云能補」，悔恨之詞切矣。末托之頤性養壽，正恐未必能然之詞。華亭鶴唳，隱然言外。○肆姐，恣肆也。○季札謂叔孫穆子曰：「子好善而不能擇人。」「好善闇人」，悔與吕安交也。○孫登謂嵇康曰：「子才多識寡，難乎免於今之世也。」○嚴鄭，謂嚴君平、鄭子真。○「萬石周慎」，指萬石君奮子郎中令建。周，至也。

雜歌謡辭

吴　謡　附

○吴志：周瑜精意音樂，三爵之後，有闕誤，瑜必知之，知之必顧。時人語曰：

曲有誤。周郎顧。

孫皓天紀中童謡

晉書五行志：孫皓天紀中童謡，晉武聞之，加王濬龍驤將軍。及征吴，江西衆軍無過者，而濬先定秣陵。

阿童復阿童。銜刀游渡江。不畏岸上虎。但畏水中龍。

古詩源卷七

晉　詩

司馬懿

讌飲詩

晉書：高祖伐公孫淵，過温，見父老故舊，讌飲累日，作歌。

天地開闢。日月重光。遭逢際會。奉辭遐方。將掃逋穢。還過故鄉。肅清萬里。總齊八荒。告成歸老。待罪武陽。

張　華

茂先詩，詩品謂其「兒女情多，風雲氣少」，此亦不盡然。總之筆力不高，少凌空矯捷之致。

勵志詩

太儀斡運。天迴地游。四氣鱗次。寒暑環周。星火既夕。忽焉素秋。涼風振落。熠燿宵流。

吉士思秋。實感物化。日與月與。荏苒代謝。逝者如斯。曾無日夜。嗟爾庶士。胡甯自舍。

仁道不遐。德輶如羽。求焉斯至。衆鮮克舉。大猷玄漠。將抽厥緒。先民有作。遺我高矩。

雖有淑姿。放心縱逸。田般于遊。居多暇日。如彼梓材。弗勤丹漆。雖勞朴斲。終負素質。

養由矯矢。獸號于林。蒲盧縈繳。神感飛禽。末技之妙。動物應心。研精耽道。安有幽深。

安心恬蕩。棲志浮雲。體之以質。彪之以文。如彼南畝。力耒既勤。藨蓘致功。必有豐殷。

水積成淵。載瀾載清。土積成山。歊蒸鬱冥。山不讓塵。川不辭盈。勉致含弘。以隆德聲。

高以下基。洪由纖起。川廣自源。成人在始。累微以著。乃物之理。纆牽之長。實累千里。

復禮終朝。天下歸仁。若金受礪。若泥在鈞。進德修業。輝光日新。隰朋仰慕。予亦何人。養由基撫弓而眄，猨乃抱木而號，何者？誠在於心，而精通於物。見淮南子。○蒲盧，即蒲且也。蒲且子見雙鳥過之，其不被弋者亦下。見汲冢書。○纆牽，索也。千里之馬，擊以長索，則爲累矣。見國策。

答何劭

吏道何其迫。窘然坐自拘。纓緌爲徽纆。文憲焉可踰。恬曠苦不足。煩促每有餘。良朋貽新詩。示我以遊娱。穆如灑清風。奂若春華敷。自昔同寮寀。於今比園廬。衰夕近辱殆。庶幾並懸輿。散髮重陰下。抱杖臨清渠。屬耳聽鶯鳴。流目玩儵魚。從容養餘日。取樂於桑榆。

情詩

清風動帷簾。晨月照幽房。佳人處遐遠。蘭室無容光。襟懷擁虚景。輕衾覆空牀。居歡惜夜促。在慼怨宵長。拊枕獨嘯歎。感慨心内傷。

游目四野外。逍遥獨延佇。蘭蕙緣清渠。繁華蔭緑渚。佳人不在兹。取此欲誰與。巢居知風寒。穴處識陰雨。不曾遠别離。安知慕儔侶。穠麗之作，油然入人，茂先詩之上者。與「葛生蒙楚」詩同意。

雜詩

晷度隨天運。四時互相承。東壁正昏中。涸陰寒節升。繁霜降當夕。悲風中夜興。朱火青無光。蘭膏坐自凝。重衾無暖氣。挾纊如懷冰。伏枕終遥夕。寤言莫予應。永思慮崇替。慨然獨拊膺。

傅玄

休奕詩，聰穎處時帶累句，大約長于樂府，而短于古詩。

短歌行

長安高城。層樓亭亭。干雲四起。上貫天庭。蜉蝣何整。行如軍征。蟋蟀何感。中夜哀鳴。蚍蜉愉樂。粲粲其榮。寤寐念之。誰知我情。昔君視我。如掌中珠。何意一朝。棄我溝渠。昔君與我。如影如形。何意一去。心如流星。昔君與我。兩心相結。何意今日。忽然兩絶。後三段筆力甚橫。

明月篇

皎皎明月光。灼灼朝日暉。昔爲春蠶絲。今爲秋女衣。丹脣列素齒。翠彩發蛾眉。嬌子多好言。歡合易爲姿。玉顔盛有時。秀色隨年衰。常恐新間舊。變故興細微。浮萍本無根。非水將何依。憂喜更相接。樂極還自悲。

雜詩

志士惜日短。愁人知夜長。攝衣步前庭。仰觀南鴈翔。玄景隨形運。流響歸空房。清風何飄颻。微月出西方。繁星依青天。列宿自成行。蟬鳴高樹間。野鳥號東廂。纖雲時髣髴。渥露霑我裳。良時無停景。北斗忽低昂。常恐寒節至。凝氣結爲霜。落葉隨風摧。一絶如流光。清俊是選體，故昭明獨收此篇。

雜言

雷隱隱。感妾心。傾耳清聽非車音。點化長門賦中語，更覺敏妙。

吴楚歌

燕人美兮趙女佳。其室則邇兮限層崖。雲爲車兮風爲馬。玉在山兮蘭在野。雲無期兮風有止。思多端兮誰能理。

車遥遥篇

車遥遥兮馬洋洋。追思君兮不可忘。君安遊兮西入秦。願爲影兮隨君身。君在陰兮影不見。君依光兮妾所願。樂府中極聰明語，開張、王一派。然出張、王手，語極恬熟。

束晳

補亡詩六章

序曰：晳與同業疇人，肄修鄉飲之禮。然所詠之詩，或有義無詞。音樂取節，闕而不備。於是遥想既往，存思在昔，補著其文，以綴舊制。

南陔

南陔，孝子相戒以養也。

循彼南陔。言采其蘭。眷戀庭闈。心不遑安。彼居之子。罔或游盤。馨爾夕膳。潔爾晨餐。循彼南陔。厥草油油。彼居之子。色思其柔。眷戀庭闈。心不遑留。馨爾夕膳。潔爾晨羞。有獺有獺。在河之涘。凌波赴汩。噬魴捕鯉。嗷嗷林烏。受哺于子。養隆敬薄。惟禽之似。勗增爾虔。以介丕祉。「彼居之子」，居，謂未仕者。○「色思其柔」，即「色難」注脚。「養隆敬薄」，即「不敬何以別」注脚。○首言養，次言色，末言敬。

白華

白華，孝子之潔白也。

白華朱萼。被于幽薄。粲粲門子。如磨如錯。終晨三省。匪惰其恪。白華絳趺。在陵之陬。蒨蒨士子。涅而不渝。竭誠盡敬。亹亹忘劬。白華玄足。在丘之曲。堂堂處子。無營無欲。鮮侔晨葩。莫之點辱。周禮曰：「正室謂之門子。」鄭玄曰：「正室適子，將代父當門者。」處子，即處士也。

華黍

華黍，時和歲豐，宜黍稷也。

黮黮重雲。輯輯和風。黍華陵巔。麥秀丘中。靡田不播。九穀斯豐。奕奕玄霄。濛濛甘霤。黍發稠華。亦挺其秀。靡田不殖。九穀斯茂。無高不播。無下不殖。芒芒其稼。參參其稷。稸我王委。充我民食。玉燭陽明。顯猷翼翼。玄霄，玄雲也。○稸、畜同。蔡澤傳：「力田稸積。」○爾雅曰：「四氣和謂之玉燭。」

由庚

由庚，萬物得由其道也。

蕩蕩夷庚。物則由之。蠢蠢庶類。王亦柔之。道之既由。化之既柔。木以秋零。草以春抽。獸在于草。魚躍順流。四時遞謝。八風代扇。纖阿按晷。星變其躔。五緯不愆。六氣無易。愔愔我王。紹文之跡。庚，訓道也。夷庚，即王道蕩蕩意。

崇丘

崇丘，萬物得極其高大也。

瞻彼崇丘。其林藹藹。植物斯高。動類斯大。周風既洽。王猷允泰。漫漫方輿。回回洪覆。去聲。何類不繁。何生不茂。物極其性。人永其壽。恢恢大圜。茫茫九壤。資生仰化。于何不養。人無道夭。物極則長。莊子曰：「終天年而不中道夭者，是智之盛也。」

由儀　由儀，萬物之生各得其儀也。

肅肅君子。由儀率性。明明后辟。仁以爲政。魚遊清沼。鳥萃平林。濯鱗鼓翼。振振其音。賓寫爾誠。主竭其心。時之和矣。何思何修。文化內輯。武功外悠。時既和矣，何所思慮，何所修治，惟以文化輯和于內，武功加于外遠也。寫「由儀」意極正大。○六章不類周雅，然清和潤澤，自是有德之言。

司馬彪

雜詩

百草應節生。含氣有深淺。秋蓬獨何辜。飄颻隨風轉。長飈一飛薄。吹我之四遠。搔首望故株。邈然無由返。

陸機

士衡詩亦推大家，然意欲逞博，而胸少慧珠，筆又不足以舉之，遂開出排偶一家。西京以來，空靈矯健之氣，不復存矣。降自梁陳，專工隊仗，邊幅復狹，令閲者白日欲卧，未必非士衡爲之濫觴也。兹特取能運動者十二章，見士衡詩中，亦有不專堆垛者。○謝康樂詩亦多用排，然能造意，便與潘、陸輩迥别。○士衡以名將之後，破國亡家，稱情而言，必多哀怨，乃詞旨敷淺，但工塗澤，復何貴乎。○蘇李、十九首，每近於風。士衡輩以作賦之體行之，所以未能感人。○文賦云：「詩緣情而綺靡。」殊非詩人之旨。

短歌行

置酒高堂。悲歌臨觴。人壽幾何。逝如朝霜。時無重至。華不再陽。蘋以春暉。蘭以秋芳。來日苦短。去日苦長。今我不樂。蟋蟀在房。樂以會興。悲以別章。豈曰無感。憂爲子忘。我酒既旨。我肴既臧。短歌有詠。長夜無荒。詞亦清和，而雄氣逸響，杳不可尋。

隴西行

我靜如鏡。民動如煙。事以形兆。應以象懸。豈曰無才。世鮮興賢。

猛虎行

渴不飲盜泉水。熱不息惡木陰。惡木豈無枝。志士多苦心。整駕肅時命。杖策將遠尋。飢食猛虎窟。寒棲野雀林。日歸功未建。時往歲載陰。崇雲臨岸駛。鳴條隨風吟。靜言幽谷底。長嘯高山岑。急弦無懦響。亮節難爲音。人生誠未易。曷云開此衿。眷我耿介懷。俯仰愧古今。尸子曰：「孔子至於勝母，莫矣而不宿。過於盜泉，渴矣而不飲。惡其名也。」〇江邃文釋引管子曰：「士懷耿介之心，不蔭惡木之枝。」〇起用六字句，最見奇峭，此士衡變體。

塘上行

江籬生幽渚。微芳不足宣。被蒙風雲會。移居華池邊。發藻玉臺下。垂影滄浪泉。霑潤既已渥。結根奥且堅。四節逝不處。繁華難久鮮。淑氣與時殞。餘芳隨風捐。天道有遷易。人理無常全。男懽智傾愚。女愛衰避妍。不惜微軀退。但懼蒼蠅前。願君廣末光。照妾薄暮年。亦是平韻，而音旨自婉。

擬明月何皎皎

安寢北堂上。明月入我牖。照之有餘輝。攬之不盈手。涼風繞曲房。寒蟬鳴高柳。踟躕感物節。我行永已久。游宦會無成。離思難常守。

擬明月皎夜光

歲暮涼風發。昊天肅明月。招摇西北指。天漢東南傾。朗月照閑房。蟋蟀吟户庭。翻翻歸雁集。嘒嘒寒蟬鳴。疇昔同宴友。翰飛戾高冥。服美改聲聽。居愉遺舊情。織女無機杼。大梁不架楹。爾雅曰：「大梁，昴星也。」末二句總言有名無實，與漢人原詞意同。

招隱詩

明發心不夷。振衣聊躑躅。躑躅欲安之。幽人在浚谷。朝采南澗藻。夕息西山足。輕條象雲構。密葉成翠幄。激楚佇蘭林。回芳薄秀木。山溜何泠泠。飛泉漱鳴玉。哀音附靈波。頹響赴曾曲。至樂非有假。安事澆淳樸。富貴苟難圖。稅駕從所欲。必富貴難圖而始稅駕，見已晚矣。士衡進退，所以不無可議。

贈馮文羆

昔與二三子。游息承華南。拊翼同枝條。翻飛各異尋。苟無淩風翮。徘徊守故林。慷慨誰爲感。願言懷所欽。發軫清洛汭。驅馬大河陰。佇立望朔塗。悠悠迥且深。分索古所悲。志士多苦心。悲情臨川結。苦言隨風吟。愧無雜佩贈。良訊代兼金。夫子茂遠猷。款誠寄惠音。

爲顧彥先贈婦

辭家遠行遊。悠悠三千里。京洛多風塵。素衣化爲緇。修身悼憂苦。感念同懷子。隆思亂心曲。沉歡滯不起。歡沉難尅興。心亂誰爲理。願假歸鴻翼。翻飛浙江汜。

東南有思婦。長歎充幽闥。借問歎何爲。佳人眇天末。遊宦久不歸。山川修且闊。形影參商乖。音息曠不達。離合非有常。譬彼絃與筈。願保金石軀。慰妾長饑渴。上章贈婦，下章婦答，古有此體。

赴洛道中作

總轡登長路。嗚咽辭密親。借問子何之。世網嬰我身。永歎遵北渚。遺思結南津。行行遂已遠。野途曠無人。山澤紛紆餘。林薄杳阡眠。虎嘯深谷底。雞鳴高樹巔。哀風中夜流。孤獸更我前。悲情觸物感。沉思鬱纏綿。佇立望故鄉。顧影悽自憐。

遠遊越山川。山川修且廣。振策陟崇丘。案轡遵平莽。夕息抱影寐。朝徂銜思往。頓轡倚嵩巖。側聽悲風響。清露墜素輝。明月一何朗。撫枕不能寐。振衣獨長想。二章稍見淒切。

陸雲

詩與士衡亦復伯仲。

谷風

閒居外物。靜言樂幽。繩樞增結。甕牖綢繆。和神當春。清節爲秋。天地則爾。户庭已悠。「和神」二語，即莊子「煖然似春，淒然似秋」意。

爲顧彦先贈婦

我在三川陽。子居五湖陰。山海一何曠。譬彼飛與沉。目想清慧姿。耳存淑媚音。獨寐多遠念。寤言撫空衿。彼美同懷子。非爾誰爲心。

悠悠君行邁。煢煢妾獨止。山河安可踰。永路隔萬里。京室多妖冶。粲粲都人子。雅步擢纖腰。巧言發皓齒。佳麗良可美。衰賤焉足紀。遠蒙眷顧言。銜恩非望始。亦上章贈婦，下章婦答。

潘岳

安仁詩品，又在士衡之下。兹特取悼亡二詩，格雖不高，其情自深也。○安仁黨於賈后，謀殺太子遹，與有力焉。人品如此，詩安得佳。○潘、陸詩如翦綵爲花，絶少生韻，故所收從略。

悼亡詩

荏苒冬春謝。寒暑忽流易。之子歸窮泉。重壤永幽隔。私懷誰克從。淹留亦何益。僶俛恭朝命。迴心反初役。望廬思其人。入室想所歷。幃屏無髣髴。翰墨有餘跡。流芳未及歇。遺挂猶在壁。悵怳如或存。周遑忡驚惕。如彼翰林鳥。雙棲一朝隻。如彼遊川魚。比目中路析。春風緣隙來。晨霤承簷滴。寢息何時忘。沉憂日盈積。庶幾有時衰。莊缶猶可擊。「周遑忡驚惕」五字，頗不成句法。○「如彼翰林鳥」四語反淺。

皎皎窗中月。照我室南端。清商應秋至。溽暑隨節闌。凜凜涼風升。始覺夏衾單。豈曰無重纊。誰與同歲寒。歲寒無與同。明月何朧朧。展轉眄枕席。長簟竟牀空。牀空委清塵。室虛來悲風。獨無李氏靈。髣髴覩爾容。撫衿長歎息。不覺涙霑胸。霑胸安能已。悲懷從中起。寢興目存形。遺音猶在耳。上慙東門吳。下愧蒙莊子。賦詩欲言志。此志難具紀。命也可奈何。長戚自令鄙。列子曰：「魏有東門吴者，子死而不憂。」

張　翰

雜　詩

暮春和氣應。白日照園林。青條若總翠。黃花如散金。嘉卉亮有觀。顧此難久躭。延頸無良塗。頓足託幽深。榮與壯俱去。賤與老相尋。歡樂不照顏。慘愴發謳吟。謳吟何嗟及。古人可慰心。唐人以「黃花如散金」命題試士，士多以黃花爲菊，合式者不滿其數。

左　思

鍾嶸評左詩，謂野於陸機，而深於潘岳。此不知太沖者也。太沖胸次高曠，而筆力又復雄邁。陶冶漢魏，自製偉詞，故是一代作手。豈潘、陸輩所能比埒。

雜　詩

秋風何洌洌。白露爲朝霜。柔條旦夕勁。緑葉日夜黄。明月出雲崖。皦皦流素光。披軒臨前庭。嗷嗷晨雁翔。高志局四海。塊然守空堂。壯齒不恒居。歲暮常慨慷。

咏史八首

弱冠弄柔翰。卓犖觀群書。著論准過秦。作賦擬子虚。邊城苦鳴鏑。羽檄飛京都。雖非甲胄士。疇昔覽穰苴。長嘯激清風。志若無東吴。鉛刀貴一割。夢想騁良圖。左盼澄江湘。右盼定羌胡。功成不受爵。長揖歸田廬。東吴，孫吴也。此章自言。

鬱鬱澗底松。離離山上苗。以彼徑寸莖。蔭此百尺條。世胄躡高位。英俊沈下僚。地勢使之然。由來非一朝。金張藉舊業。七葉珥漢貂。馮公豈不偉。白首不見招。荀悦漢紀曰：馮唐白首，屈於郎署。

吾希段干木。偃息藩魏君。吾慕魯仲連。談笑卻秦軍。當世貴不羈。遭難能解紛。功成恥受賞。高節卓不群。臨組不肯緤。對珪寧肯分。連璽曜前庭。比之猶浮雲。秦欲攻魏，司馬康諫曰：「段干木賢者，而魏禮之，毋乃不可乎？」秦君以爲然，乃止。見呂氏春秋。○幽通賦曰：「干木偃息以藩魏。」

濟濟京城内。赫赫王侯居。冠蓋蔭四術。朱輪竟長衢。朝集金張館。暮宿許史廬。南鄰擊鐘磬。北里吹笙竽。寂寂揚子宅。門無卿相輿。寥寥空宇中。所講在玄虚。言論準宣尼。辭賦擬相如。悠悠百世後。英名擅八區。

皓天舒白日。靈景耀神州。列宅紫宮裏。飛宇若雲浮。峨峨高門内。藹藹皆王侯。自非攀龍客。何爲欻來游。被褐出閶闔。高步追許由。振衣千仞岡。濯足萬里流。俯視千古。

荆軻飲燕市。酒酣氣益震。平聲。哀歌和漸離。謂若傍無人。雖無壯士節。與世亦殊倫。高眄邈四海。豪右何足陳。貴者雖自貴。視之若埃塵。賤者雖自賤。重之若千鈞。

主父宦不達。骨肉還相薄。買臣困樵採。伉儷不安宅。陳平無産業。歸來翳負郭。長卿還成都。壁立何寥廓。四賢豈不偉。遺烈光篇籍。當其未遇時。憂在填溝壑。英雄有迍邅。由來自古昔。何世無奇才。遺之在草澤。

習習籠中鳥。舉翮觸四隅。落落窮巷士。抱影守空廬。出門無通路。枳棘塞中塗。計策棄不收。塊若枯池魚。外望無寸禄。内顧無斗儲。親戚還相蔑。朋友日夜踈。蘇秦北游説。李斯西上書。俛仰生榮華。咄嗟復彫枯。飲河期滿腹。貴足不願餘。巢林棲一枝。可爲達士模。言蘇秦、李斯，始不遇而繼遇，終不得死所也，故有俯仰咄嗟之歎云。○太沖詠史，不必專咏一人，專咏一事。咏古人而已之性情俱見，此千秋絶唱也。後惟明遠、太白能之。

招隱二首

杖策招隱士。荒塗横古今。巖穴無結構。丘中有鳴琴。白雲停陰岡。丹葩曜陽林。石泉漱瓊瑶。纖鱗或浮沉。非必絲與竹。山水有清音。何事待嘯歌。灌木自悲吟。秋菊兼餱糧。幽蘭間重襟。躊躇足力煩。聊欲投吾簪。

經始東山廬。果下自成榛。前有寒泉井。聊可瑩心神。峭蒨青蔥間。竹柏得其真。弱葉棲霜雪。飛榮流餘津。爵服無常玩。好惡有屈伸。結綬生纏牽。彈冠去埃塵。惠連非吾屈。首陽非吾仁。相與觀所尚。逍遥撰良辰。惠連，柳下惠少連也。

左貴嬪

啄木詩

南山有鳥。自名啄木。飢則啄樹。暮則巢宿。無干於人。惟志所欲。性清者榮。性濁者辱。學問語，無蒙腐氣。

張載

七哀詩

北芒何壘壘。高陵有四五。借問誰家墳。皆云漢世主。恭文遥相望。原陵鬱膴膴。季世喪亂起。賊盜如豺虎。毁壞過一坏。便房啟幽户。珠柙離玉體。珍寶見剽虜。園寢化爲墟。周墉無遺堵。蒙蘢荆棘生。蹊逕登童竪。狐兔窟其中。蕪穢不復掃。叶。頹隴並墾發。萌隸營農圃。昔爲萬乘君。今爲丘中土。感彼雍門言。悽愴哀往古。後漢書曰：「葬孝安皇帝於恭陵，葬文帝於文陵，葬光武皇帝於原陵。」○董卓傳：「使吕布發諸帝陵，及公卿以下冢墓，收其寶玉。」

張協

雜詩

秋夜涼風起。清氣蕩暄濁。蜻蛚吟階下。飛蛾拂明燭。君子從遠役。佳人守煢獨。離居幾何時。鑽燧忽改木。房櫳無行跡。庭草萋以緑。青苔依空牆。蜘蛛網四屋。感物多所懷。沉憂結心曲。

朝霞迎白日。丹氣臨暘谷。翳翳結繁雲。森森散雨足。輕風摧勁草。凝霜竦高木。密葉日夜疎。叢林森如束。疇昔歎時遲。晚節悲年促。歲暮懷百憂。將從季主卜。

昔我資章甫。聊以適諸越。行行入幽荒。甌駱從祝髮。窮年非所用。此貨將安設。瓴甋夸璵璠。魚目笑明月。不見郢中歌。能否居然別。陽春無和者。巴人皆下節。流俗多昏迷。此理誰能察。莊子曰：「楚人資章甫而適諸越，越人敦髮文身，無所用之。」注云：「敦，斷也。」〇漢立騶搖爲東海王，都東甌。騶，一作駱。祝髮，祝亦斷也。

大火流坤維。白日馳西陸。浮陽映翠林。迴飈扇緑竹。飛雨灑朝蘭。輕露棲叢菊。龍蟄暄氣凝。天高萬物肅。弱條不重結。芳蕤豈再馥。人生瀛海內。忽如鳥過目。川上之歎逝。前修以自勗。

述職投邊城。羈束戎旅間。下車如昨日。望舒四五圓。借問此何時。蝴蝶飛南園。流波戀舊浦。行雲思故山。閩越衣文虵。胡馬願度燕。土風安所習。由來有固然。

結宇窮岡曲。耦耕幽藪陰。荒庭寂以閒。幽岫峭且深。淒風起東谷。有渰興南岑。雖無箕畢期。膚寸自成霖。澤雉登壟雊。寒猿擁條吟。溪壑無人跡。荒楚鬱蕭森。投耒循岸垂。時聞樵採音。重基可擬志。迴淵可比心。養真尚無爲。道勝貴陸沉。游思竹素園。寄辭翰墨林。陸沉，譬如無水而沉也。見莊子。○東觀書見「竹素」。

孫楚

征西官屬送於陟陽候作詩

征西，扶風王駿。

晨風飄歧路。零雨被秋草。傾城遠追送。餞我千里道。三命皆有極。咄嗟安可保。莫大於殤子。彭聃猶爲夭。吉凶如糾纏。憂喜相紛繞。天地爲我罏。萬物一何小。達人垂大觀。誡此苦不早。乖離即長衢。惆悵盈懷抱。孰能察其心。鑒之以蒼昊。齊契在今朝。守之與偕老。黄帝曰：「上壽百二十，中壽百年，下壽八十。」是謂三命。○隱侯謂「子荆『零雨』之章」，指此。○送別詩以齊物作主，古人用意，不專粘著，此亦一體。

曹攄

感舊詩

富貴他人合。貧賤親戚離。廉藺門易軌。田竇相奪移。晨風集茂林。棲鳥去枯枝。今我唯困蒙。群士所背馳。鄉人敦懿義。濟濟蔭光儀。對賓頌有客。舉觴咏露斯。臨樂何所歎。素絲與路歧。殷浩坐廢，韓康伯詠首二句，因而泣下。

王讚

雜詩

朔風動秋草。邊馬有歸心。胡寧久分析。靡靡忽至今。王事離我志。殊隔過商參。昔往鶬鶊鳴。今來蟋蟀吟。人情懷舊鄉。客鳥思故林。師涓久不奏。誰能宣我心。起得雄傑。隱侯謂「正長『朔風』之句」，指此。

郭泰機

答傅咸

皦皦白素絲。織爲寒女衣。寒女雖妙巧。不得秉杼機。天寒知運速。況復雁南飛。衣工秉刀尺。棄我忽若遺。人不取諸身。世事焉所希。況復已朝餐。曷由知我饑。通體喻言，諷傅之不能薦己也。○老杜白絲行本此。

古詩源卷八

晉詩

劉琨

越石英雄失路，萬緒悲涼，故其詩隨筆傾吐，哀音無次，讀者烏得於語句間求之。

答盧諶

琨頓首。損書及詩，備酸辛之苦言，暢經通之遠旨，執玩反覆，不能釋手。慨然以悲，歡然以喜。昔在少壯，未嘗檢括。遠慕老莊之齊物，近嘉阮生之放曠，怪厚薄何從而生，哀樂何由而至。自頃輈張，困於逆亂，國破家亡，親友彫殘。負杖行吟，則百憂俱至。塊然獨坐，則哀憤兩集。時復相與，舉觴對膝，破涕爲笑，排終身之積慘，求數刻之暫歡。譬由疾疢彌年，而欲一丸銷之，其可得乎？夫才生於世，世實須才。和氏之璧，焉得獨曜於郢握。夜光之珠，何得專玩於隋掌。天下之寶，當與天下共之。但分析之日，不能不悵恨耳。然後知聃周之爲虛誕，嗣宗之爲妄作也。昔騄驥倚輈於吴阪，長鳴於良樂，知與不知也；百里奚愚於虞而智於秦，遇與不遇也。今君遇之矣，勗之而已。不復屬意於文，二十餘年矣。久廢則無次，想必欲其一反，故稱去聲。旨送一篇，適足以彰來詩之益美耳。琨頓首頓首。

厄運初遘。陽爻在六。乾象棟傾。坤儀舟覆。橫厲糾紛。群妖競逐。火燎神州。洪流華域。彼黍離離。彼稷育育。哀我皇晉。痛心在目。其一。

天地無心。萬物同塗。禍淫莫驗。福善則虛。逆有全邑。義無完都。英蕊夏落。毒卉冬敷。如彼龜玉。韞櫝毀諸。芻狗之談。其最得乎。其二。

咨余軟弱。弗克負荷。協平韻。愆釁仍彰。榮寵屢加。威之不建。禍延凶播。協平韻。忠隕于國。孝愆于家。斯罪之積。如彼山河。斯釁之深。終莫能磨。其三。

郁穆舊姻。嬿婉新婚。裹糧攜弱。匍匐星奔。未輟爾駕。已隳我門。二族偕覆。三孽並根。長慙舊孤。永負冤魂。其四。

亭亭孤幹。獨生無伴。緑葉繁縟。柔條修罕。朝採爾實。夕捋爾竿。協，公旦切。竿翠豐尋。逸珠盈椀。實消我憂。憂急用緩。逝將去乎。庭虛情滿。其五。

虛滿伊何。蘭桂移植。茂彼春林。瘁此秋棘。有鳥翻飛。不遑休息。匪桐不棲。匪竹不食。永戢東羽。翰撫西翼。我之敬之。廢歡輟職。其六。

音以賞奏。味以殊珍。文以明言。言以暢神。之子之往。四美不臻。澄醪覆觴。絲竹生塵。素卷莫啟。幄無談賓。既孤我德。又闕我鄰。其七。

光光段生。出幽遷喬。資忠履信。武烈文昭。旍弓騂騂。輿馬翹翹。乃奮長縻。是縶是鑣。何以贈子。竭心公朝。何以叙懷。引領長謡。其八。○前趙録：「劉聰僭即位於平陽，遣從弟曜攻晉，破洛陽。遣子粲攻長安，陷之。」首章指國破。○老子云：「天地不仁，以萬物爲芻狗。」二章謂天不祚晉。○漢書：「王尊之子伯爲京兆尹，軟弱不勝。」○「威之不建」二句，指爲聰所敗，而父母遇害，己遭禍而播遷也。三章指家亡。○晉書：琨妻即諶之從母也。「新婚」未詳。○琨父母爲令狐泥所害，諶父母爲劉粲所害，故云「二族偕覆」。「三孽」謂琨兄三子。或謂劉聰、劉曜、劉粲，玩下二句，恐説不去。四章指途中奔竄，申上章意。○五章託喻己有資於諶，而諶又將之段匹磾所也。逸珠，喻德。盈椀，多也。○六章喻諶之段所，猶鳳之棲梧桐，食竹實。而己如秋棘之瘁，彌見可傷。○「四美」頂上音、味、文、言。七章言己之孤特，亦申前意。○八章表段之忠信，見諶之託身得所，望其戮力王室，轉危爲安。收束通篇，感激豪宕。

重贈盧諶

握中有玄璧。本自荆山璆。惟彼太公望。昔在渭濱叟。平聲。鄧生何感激。千里來相求。白登幸曲逆。鴻門賴留侯。重耳任五賢。小白相射鉤。苟能隆二伯。安問黨與讐。中夜撫枕歎。想與數子遊。吾衰久矣夫。何其不夢周。誰云聖達節。知命故不憂。宣尼悲獲麟。西狩涕孔丘。功業未及建。夕陽忽西流。時哉不我與。去乎若雲浮。朱實隕勁風。繁英落素秋。狹路傾華蓋。駭駟摧雙輈。何意百鍊剛。化爲繞指柔。鄧生，鄧禹也。二伯，桓、文也。數子，謂太公以下也。○「宣尼」二句，重複言之，與阮籍「多言焉所告，繁辭將訴誰」同一反覆申言之意。○拉雜繁會，自成絶調。

扶風歌

朝發廣莫門。暮宿丹水山。左手彎繁弱。右手揮龍淵。顧瞻望宮闕。俯仰御飛軒。據鞍長歎息。淚下如流泉。繫馬長松下。發鞍高岳頭。烈烈悲風起。泠泠澗水流。揮手長相謝。哽咽不能言。浮雲爲我結。歸鳥爲我旋。去家日已遠。安知存與亡。慷慨窮林中。抱膝獨摧藏。麋鹿游我前。猿猴戲我側。資糧既乏盡。薇蕨安可食。攬轡命徒侶。吟嘯絶巖中。君子道微矣。夫子故有窮。惟昔李騫期。寄在匈奴庭。忠信反獲罪。漢武不見明。我欲竟此曲。此曲悲且長。棄置勿重陳。重陳令心傷。悲涼酸楚，亦復不知所云。

盧諶

答魏子悌

崇臺非一幹。珍裘非一腋。多士成大業。群賢濟弘績。遇蒙時來會。聊齊朝彦蹟。顧此腹背羽。愧彼排虚翮。寄身蔭四岳。託好憑三益。傾蓋雖終朝。大分邁疇昔。在危每同險。處安不異易。叶亦。俱涉晉昌艱。共更飛狐厄。恩由契闊生。義隨周旋積。豈謂鄉曲譽。謬充本州役。乖離令我感。悲欣使情惕。理以精神通。匪曰形骸隔。妙詩申篤好。清義賁幽蹟。恨無隨侯珠。以酬荆文璧。韓詩外傳：「晉平公游於河而歎曰：『安得賢士，與之樂此也。』船人孟胥對曰：『主君亦不好士耳，何患無士。』公曰：『吾食客門左千人，右千人，何謂不好士乎？』對曰：『鴻鵠一舉千里，恃有六翮耳。背上之毛，腹下之毳，益一把飛不加高，損一把飛不加下。今君之食客，亦有六翮在其中矣，將皆背上之毛，腹下之毳耶？』」○晉昌，郡名。時段匹磾爲此職。諶在磾所，難斥言之，故曰晉昌也。石勒攻樂平，劉琨自代飛狐口奔安次。

時興

亹亹圓象運。悠悠方儀廓。忽忽歲云暮。游原采蕭藿。北踰芒與河。南臨伊與洛。凝霜霑蔓草。悲風振林薄。摵摵芳葉零。蘂蘂芬華落。下泉激洌清。曠野增遼索。登高眺遐荒。極望無崖崿。形變隨時化。神感因物作。澹乎至人心。恬然存玄漠。蘂蘂，垂也。

謝尚

大道曲　樂府廣題曰：尚爲鎮西將軍，嘗著紫羅襦，據胡牀，在市中佛國門樓上，彈琵琶，作大道曲，市人不知爲三公也。

青陽二三月。柳青桃復紅。車馬不相識。音落黃埃中。寫喧雜之況如見。

郭　璞

贈温嶠

人亦有言。松竹有林。及爾臭味。異苔同岑。言以忘得。交以澹成。匪同伊和。惟我與生。爾神余契。我懷子情。攜手一豁。安知塵冥。「異苔同岑」句，造語新俊。士衡贈馮維熊詩中，亦有此意，而語特庸常。

遊仙詩　遊仙詩本有託而言，坎壈詠懷，其本旨也。鍾嶸貶其少列仙之趣，謬矣。

京華遊俠窟。山林隱遯棲。朱門何足榮。未若託蓬萊。臨源挹清波。陵岡掇丹荑。靈谿可潛盤。安事登雲梯。漆園有傲吏。萊氏有逸妻。進則保龍見。退爲觸藩羝。高蹈風塵外。長揖謝夷齊。進謂仕進，言仕進者爲保全身名之計，退則類觸藩之羝，孰若高蹈風塵，從事於遊仙乎！

青溪千餘仞。中有一道士。雲生梁棟間。風出窗户裏。借問此何誰。云是鬼谷子。翹迹企潁陽。臨河思洗耳。閶闔西南來。潛波涣鱗起。靈妃顧我笑。粲然啓玉齒。蹇修時不存。要之將誰使。閶闔，指風言，言風至而波紋生。

翡翠戲蘭苕。容色更相鮮。緑蘿結高林。蒙蘢蓋一山。中有冥寂士。静嘯撫清絃。放情凌霄外。嚼蘂挹飛泉。赤松臨上遊。駕鴻乘紫煙。左把浮丘袖。右拍洪崖肩。借問蜉蝣輩。甯知龜鶴年。

六龍安可頓。運流有代謝。時變感人思。已秋復願夏。淮海變微禽。吾生獨不化。雖欲騰丹谿。雲螭非我駕。愧無魯陽德。迴日向三舍。臨川哀年邁。撫心獨悲吒。

逸翮思拂霄。迅足羨遠游。清源無增瀾。安得運吞舟。珪璋雖特達。明月難闇投。潛潁怨青陽。陵苕哀素秋。悲來惻丹心。零淚緣纓流。清源不能運吞舟之魚，喻塵俗不足容乎仙也。○言世俗不欲求仙，而怨天施之偏，歎浮生之促，類潛潁怨青陽之晚臻，陵苕哀素秋之早至也。潛潁，在幽潛而結潁者。

雜縣音爰。寓魯門。風暖將爲災。吞舟涌海底。高浪駕蓬萊。神仙排雲出。但見金銀臺。陵陽挹丹溜。容成揮玉杯。姮娥揚妙音。洪崖頷其頤。升降隨長煙。飄颻戲九垓。奇齡邁五龍。千歲方嬰孩。燕昭無靈氣。漢武非仙才。雜縣，即爰居也。○陵陽子明，乃仙去者。○五龍，皇后君也。昆弟五人，皆人面龍身，分治五方。○燕昭使人入海，求蓬萊、方丈、瀛洲。○超然而來，截然而止，須玩章法。

晦朔如循環。月盈已復魄。蓐收清西陸。朱羲將由白。寒露拂陵苕。女蘿辭松柏。蕣榮不終朝。蜉蝣豈見夕。圓丘有奇草。鍾山出靈液。王孫列八珍。安期鍊五石。長揖當途人。去來山林客。十洲記曰：北海外有鍾山，自生千歲芝及神草靈液。○王孫列八珍以傷生，安期鍊五石以延壽，謂優劣殊也。抱朴子曰：「五石者，丹砂、雄黄、白礬石、曾青、磁石也。」

曹毗

夜聽擣衣

寒興御紈素。佳人理衣衿。冬夜清且永。皓月照堂陰。纖手疊輕素。朗杵叩鳴砧。清風流繁節。回飆灑微吟。嗟此往運速。悼彼幽滯心。二物感余懷。豈但聲與音。「二物」承上二語。

王羲之

蘭亭集詩

不獨序佳，詩亦清超越俗。「寓目理自陳」，「適我無非新」，非學道有得者，不能言也。序爲人人誦述，故不録。

仰視碧天際。俯瞰渌水濱。寥閬無涯觀。寓目理自陳。大矣造化工。萬殊莫不均。群籟雖參差。適我無非新。有逸句云：「爭先非吾事，靜照在忘求。」附録於此。

陶潛

淵明以名臣之後，際易代之時，欲言難言，時時寄託，不獨詠荆軻一章也。六朝第一流人物，其詩有不獨步千古者耶？鍾嶸謂其原出於應璩，成何議論！○清遠閒放，是其本色，而其中自有一段淵深朴茂，不可幾及處。唐人王、儲、韋、柳諸公，學焉而得其性之所近。

停雲

停雲，思親友也。罇湛新醪，園列初榮，願言不從，歎息彌襟。

靄靄停雲。濛濛時雨。八表同昏。平路伊阻。靜寄東軒。春醪獨撫。良朋悠邈。搔首延佇。

停雲靄靄。時雨濛濛。八表同昏。平陸成江。有酒有酒。閒飲東窗。願言懷人。舟車靡從。

東園之樹。枝條再榮。競用新好。以招余情。人亦有言。日月于征。安得促席。説彼平生。

翩翩飛鳥。息我庭柯。斂翮閒止。好聲相和。豈無他人。念子實多。願言不獲。抱恨如何。

時運

時運，遊暮春也。春服既成，景物斯和，偶影獨遊，欣慨交心。

邁邁時運。穆穆良朝。襲我春服。薄言東郊。山滌餘靄。宇曖微霄。有風自南。翼彼新苗。「翼」字寫出性情。

洋洋平津。乃漱乃濯。邈邈遐景。載欣載矚。稱心而言。人亦易足。揮兹一觴。陶然自樂。

延目中流。悠悠清沂。童冠齊業。閑詠以歸。我愛其靜。寤寐交揮。但恨殊世。邈不可追。

斯晨斯夕。言息其廬。花藥分列。林竹翳如。清琴横牀。濁酒半壺。黄唐莫逮。慨獨在予。晉人放達，陶公有憂勤語，有安分語，有自任語。○黄唐之感，寄意西山，此旨時或流露。

勸農

悠悠上古。厥初生人。傲然自足。抱朴含真。智巧既萌。資待靡因。誰其贍之。實賴哲人。

哲人伊何。時惟后稷。贍之伊何。實曰播殖。舜既躬耕。禹亦稼穡。遠若周典。八政始食。

熙熙令音。猗猗原陸。卉木繁榮。和風清穆。紛紛士女。趣時競逐。桑婦宵征。農夫野宿。

氣節易過。和澤難久。冀缺攜儷。沮溺結耦。相彼賢達。猶勤壟畝。矧伊衆庶。曳裾拱手。

民生在勤。勤則不匱。宴安自逸。歲暮奚冀。儋石不儲。飢寒交至。顧爾儔列。能不懷愧。

孔耽道德。樊須是鄙。董樂琴書。田園不履。若能超然。投迹高軌。敢不斂衽。敬讚德美。言能如孔子、董相，庶可不務隴畝耳。勉人意在言外領取。

命子

嗟余寡陋。瞻望弗及。顧慙華鬢。負影隻立。三千之罪。無後爲急。我誠念哉。呱聞爾泣。

卜云嘉日。占亦良時。名汝曰儼。字汝求思。温恭朝夕。念兹在兹。尚想孔伋。庶其企而。

厲夜生子。遽而求火。凡百有心。奚特於我。既見其生。實欲其可。人亦有言。斯情無假。叶古。

日居月諸。漸免於孩。福不虚至。禍亦易來。夙興夜寐。願爾斯才。爾之不才。亦已焉哉。

酬丁柴桑二章

有客有客。爰來爰止。秉直司聰。于惠百里。餐勝如歸。聆善若始。可作箴規。

匪惟諧也。屢有良由。載言載眺。以寫我憂。放歡一遇。既醉還休。實欣心期。方從我遊。

歸鳥四章

翼翼歸鳥。晨去於林。遠之八表。近憩雲岑。和風不洽。翻翮求心。顧儔相鳴。景庇清陰。

翼翼歸鳥。載翔載飛。雖不懷遊。見林情依。遇雲頡頏。相鳴而歸。遐路誠悠。性愛無遺。

翼翼歸鳥。馴林徘徊。豈思天路。欣反舊棲。雖無昔侶。衆聲每諧。日夕氣清。悠然其懷。亦諧衆聲，自有曠懷，此是何等品格。

翼翼歸鳥。戢羽寒條。遊不曠林。宿則森標。晨風清興。好音時交。矰繳奚施。已卷安勞。他人學三百篇，痴而重，與風雅日遠。此不學三百篇，清而腴，與風雅日近。

遊斜川

辛丑歲正月五日，天氣澄和，風物閑美。與二三鄰曲，同遊斜川。臨長流，望層城。魴鯉躍鱗於將夕，水鷗乘和以翻飛。彼南阜者，名實舊矣，不復乃爲嗟歎。若夫層城，傍無依接，獨秀中皋。遥想靈山，有愛嘉名。欣對不足，率爾賦詩。悲日月之遂往，悼吾年之不留，各疏年紀鄉里，以記其時日。

開歲倏五日。吾生行歸休。念之動中懷。及辰爲兹遊。氣和天惟澄。班坐依遠流。弱湍馳文魴。閑谷矯鳴鷗。迥澤散遊目。緬然睇層邱。雖微九重秀。顧瞻無匹儔。提壺接賓侶。引滿更獻酬。未知從今去。當復如此不。中觴縱遥情。忘彼千載憂。且極今朝樂。明日非所求。

答龐參軍

相知何必舊。傾蓋定前言。有客賞我趣。每每顧林園。談諧無俗調。所説聖人篇。或有數斗酒。閑飲自歡然。我實幽居士。無復東西緣。物新人唯舊。弱毫多所宣。情通萬里外。形迹滯江山。君其愛體素。來會在何年。

五月旦作和戴主簿

虚舟縱逸棹。回復遂無窮。發歲始俯仰。星紀奄將中。南窗罕悴物。北林榮且豐。神淵瀉時雨。晨色奏景風。既來孰不去。人理固有終。居常待其盡。曲肱豈傷冲。遷化或夷險。肆志無窊隆。即事如已高。何必升華嵩。

九日閑居

余閑居愛重九之名，秋菊盈園，而持醪靡由，空服九華，寄懷於言。

世短意常多。斯人樂久生。日月依辰至。舉俗愛其名。露凄暄風息。氣澈天象明。往燕無遺影。來雁有餘聲。酒能祛百慮。菊爲制頹齡。如何蓬廬士。空視時運傾。塵爵恥虛罍。寒華徒自榮。斂襟獨閑謡。緬焉起深情。棲遲固多娱。淹留豈無成。「世短意常多」，即所云「生年不滿百，常懷千歲憂」也，鍊得更簡更遒。後人得古人片言，便衍作數語。

和劉柴桑

山澤久見招。胡事乃躊躇。直爲親舊故。未忍言索居。良辰入奇懷。挈杖還西廬。荒塗無歸人。時時見廢墟。茅茨已就治。新疇復應畬。谷風轉淒薄。春醪解飢劬。弱女雖非男。慰情良勝無。棲棲世中事。歲月共相疎。耕織稱其用。過此奚所須。去去百年外。身名同翳如。弱女非男，喻酒之薄也。

酬劉柴桑

窮居寡人用。時忘四運周。櫚庭多落葉。慨然知已秋。新葵鬱北牖。嘉穟養南疇。今我不爲樂。知有來歲不。命室攜童弱。良日登遠遊。

和郭主簿二首

藹藹堂前林。中夏貯清陰。凱風因時來。回飇開我襟。息交游閑業。臥起弄書琴。園蔬有餘滋。舊穀猶儲今。營己良有極。過足非所欽。春秫作美酒。酒熟吾自斟。弱子戲我側。學語未成音。此事真復樂。聊用忘華簪。遥遥望白雲。懷古一何深。「過足非所欽」，與「過此奚所須」，知足要言。一結悠然不盡。

和澤周三春。清涼素秋節。露凝無游氛。天高風景澈。陵岑聳逸峰。遥瞻皆奇絶。芳菊開林耀。青松冠巖列。懷此貞秀姿。卓爲霜下傑。銜觴念幽人。千載撫爾訣。檢素不獲展。厭厭竟良月。

贈羊長史

左軍羊長史銜使秦川，作此與之。

愚生三季後。慨然念黄虞。得知千載外。正賴古人書。賢聖留餘跡。事事在中都。豈忘游心目。關河不可踰。九域甫已一。逝將理舟輿。聞君當先邁。負痾不獲俱。路若經商山。爲我少躊躇。多謝綺與甪。精爽今何如。紫芝誰復採。深谷久應蕪。駟馬無貫患。貧賤有交娛。清謡結心曲。人乖運見疎。擁懷累代下。言盡意不舒。

癸卯歲十二月中作與從弟敬遠

寢跡衡門下。邈與世相絶。顧盼莫誰知。荆扉晝長閉。必結切。淒淒歲暮風。翳翳經日雪。傾耳無希聲。在目皓已潔。勁氣侵襟袖。簞瓢謝屢設。蕭索空宇中。了無一可悦。歷覽千載書。時時見遺烈。高操非所攀。深得固窮節。平津苟不由。棲遲詎爲拙。寄意一言外。兹契誰能別。淵明詠雪，未嘗不刻劃，卻不似後人粘滯。○愚於漢人得兩語曰：「前日風雪中，故人從此去。」於晉人得兩語曰：「傾耳無希聲，在目皓已潔。」於宋人得一語曰：「明月照積雪。」爲千古詠雪之式。

始作鎮軍參軍經曲阿作

弱齡寄事外。委懷在琴書。被褐欣自得。屢空常晏如。時來苟冥會。宛轡憩通衢。投策命晨裝。暫與園田疎。眇眇孤舟逝。綿綿歸思紆。我行豈不遥。登降千里餘。目倦川途異。心念山澤居。望雲慚高鳥。臨水愧遊魚。真想初在襟。誰謂形迹拘。聊且憑化遷。終返班生廬。班固幽通賦曰：「終保己而貽則，止里仁之所廬。」

辛丑歲七月赴假還江陵夜行塗中作

閑居三十載。遂與塵事冥。詩書敦宿好。林園無俗情。如何捨此去。遥遥至南荆。叩枻新秋月。臨流別友生。涼風起將夕。夜景湛虚明。昭昭天宇闊。皛皛川上平。懷役不遑寐。中宵尚孤征。商歌非吾事。依依在耦耕。投冠旋舊墟。不爲好爵縈。養真衡茅下。庶以善自名。

桃花源詩 并記

晉太元中,武陵人捕魚爲業。緣溪行,忘路之遠近,忽逢桃花林。夾岸數百步,中無雜樹,芳草鮮美,落英繽紛。漁人甚異之,復前行,欲窮其林。林盡水源,便得一山。山有小口,髣髴若有光,便捨船從口入。初極狹,纔通人,復行數十步,豁然開朗。土地平曠,屋舍儼然,有良田美池桑竹之屬,阡陌交通,雞犬相聞。其中往來種作,男女衣著,悉如外人。黄髮垂髫,並怡然自樂。見漁人,乃大驚,問所從來。具答之。便要還家,設酒殺雞作食。村中聞有此人,咸來問訊。自云先世避秦時亂,率妻子邑人,來此絶境,不復出焉,遂與外人間隔。問今是何世,乃不知有漢,無論魏晉。此人一一爲具言所聞，皆歎惋。餘人各復延至其家，皆出酒食。停數日，辭去。此中人語云：「不足爲外人道也。」既出，得其船，便扶向路，處處誌之。及郡下，詣太守説如此。太守即遣人隨其往，尋向所誌，遂迷不復得路。南陽劉子驥，高尚士也。聞之，欣然規往，未果，尋病終。後遂無問津者。

嬴氏亂天紀。賢者避其世。黄綺之商山。伊人亦云逝。往迹浸復湮。來逕遂蕪廢。相命肆農耕。日入從所憩。桑竹垂餘蔭。菽稷隨時藝。春蠶收長絲。秋熟靡王税。荒路曖交通。雞犬互鳴吠。俎豆有古法。衣裳無新製。童孺縱行歌。斑白歡遊詣。草榮識節和。木衰知風厲。雖無紀曆誌。四時自成歲。怡然有餘樂。於何勞智慧。奇蹤隱五百。一朝敞神界。淳薄既異原。旋復還幽蔽。借問游方士。焉測塵囂外。願言躡輕風。高舉尋吾契。此即羲皇之想也，必辨其有無，殊爲多事。

歸田園居五首

少無適俗韻。性本愛丘山。誤落塵網中。一去三十年。羈鳥戀舊林。池魚思故淵。開荒南野際。守拙歸園田。方宅十餘畝。草屋八九間。榆柳蔭後簷。桃李羅堂前。曖曖遠人村。依依墟里煙。狗吠深巷中。雞鳴桑樹顛。户庭無塵雜。虚室有餘閑。久在樊籠裏。復得返自然。

野外罕人事。窮巷寡輪鞅。白日掩荆扉。虚室絶塵想。時復墟曲中。披草共來往。相見無雜言。但道桑麻長。桑麻日已長。我土日已廣。常恐霜霰至。零落同草莽。

種豆南山下。草盛豆苗稀。晨興理荒穢。帶月荷鋤歸。道狹草木長。夕露沾我衣。衣沾不足惜。但使願無違。

久去山澤遊。浪莽林野娱。試攜子姪輩。披榛步荒墟。徘徊丘壟間。依依昔人居。井竈有遺處。桑竹殘朽株。借問采薪者。此人皆焉如。薪者向我言。死没無復餘。一世異朝市。此語真不虚。人生似幻化。終當歸空無。

悵恨獨策還。崎嶇歷榛曲。山澗清且淺。遇以濯我足。漉我新熟酒。隻雞招近局。日入室中闇。荆薪代明燭。歡來苦夕短。已復至天旭。儲、王極力擬之，然終似微隔，厚處朴處，不能到也。

與殷晉安別

殷先作晉安南府長史掾，因居潯陽。後作太尉參軍，移家東下，作此以贈。

遊好非久長。一遇盡殷勤。信宿酬清話。益復知爲親。去歲家南里。薄作少時鄰。負杖肆遊從。淹留忘宵晨。語默自殊勢。亦知當乖分。未謂事已及。興言在茲春。飄飄西來風。悠悠東去雲。山川千里外。言笑難爲因。才華不隱世。江湖多賤貧。脱有經過便。念來存故人。參軍已爲宋臣矣，題仍以前朝宦名之，題目便不苟且。○「才華不隱世」，何等周旋！所云「故」者無失其爲故也，即此見古人忠厚。

古詩源卷九

晉詩

陶潛

乞食

饑來驅我去。不知竟何之。行行至斯里。叩門拙言辭。主人解余意。遺贈豈虛來。談諧終日夕。觴至輒傾杯。情欣新知歡。言詠遂賦詩。感子漂母惠。愧我非韓才。銜戢知何謝。冥報以相貽。不必看作設言愈妙。○結言厚道。少陵受人一飯，終身不忘，俱古人不可及處。

諸人共遊周家墓柏下

今日天氣佳。清吹與鳴彈。感彼柏下人。安得不爲歡。清歌散新聲。緑酒開芳顏。未知明日事。余襟良已殫。

移居二首

昔欲居南村。非爲卜其宅。聞多素心人。樂與數晨夕。懷此頗有年。今日從兹役。敝廬何必廣。取足蔽牀席。鄰曲時時來。抗言談在昔。奇文共欣賞。疑義相與析。

春秋多佳日。登高賦新詩。過門更相呼。有酒斟酌之。農務各自歸。閑暇輒相思。相思則披衣。言笑無厭時。此理將不勝。無爲忽去兹。衣食當須紀。力耕不吾欺。

癸卯歲始春懷古田舍二首

在昔聞南畝。當年竟未踐。屢空既有人。春興豈自免。夙晨裝吾駕。啟塗情已緬。鳥弄歡新節。泠風送餘善。寒竹被荒蹊。地爲罕人遠。是以植杖翁。悠然不復返。即理愧通識。所保詎乃淺。

先師有遺訓。憂道不憂貧。瞻望邈難逮。轉欲志常勤。秉耒歡時務。解顔勸農人。平疇交遠風。良苗亦懷新。雖未量歲功。即事多所欣。耕種有時息。行者無問津。日入相與歸。壺漿勞近鄰。長吟掩柴門。聊爲隴畝民。昔人問詩經何句最佳，或答曰：「楊柳依依。」此一時興到之言，然亦實是名句。倘有人問陶公何句最佳，愚答云：「平疇交遠風，良苗亦懷新。」亦一時興到也。

庚戌歲九月中於西田穫早稻

人生歸有道。衣食固其端。孰是都不營。而以求自安。開春理常業。歲功聊可觀。晨出肆微勤。日入負耒還。山中饒霜露。風氣亦先寒。田家豈不苦。弗獲辭此難。四體誠乃疲。庶無異患干。盥濯息簷下。斗酒散襟顏。遥遥沮溺心。千載乃相關。但願長如此。躬耕非所歎。移居詩曰：「衣食終須紀，力耕不吾欺。」此云：「人生歸有道，衣食固其端。」又云：「貧居依稼穡。」自勉勉人，每在耕稼，陶公異於晉人如此。

丙辰歲八月中於下潠田舍穫 潠，音巽。

貧居依稼穡。戮力東林隈。不言春作苦。常恐負所懷。司田眷有秋。寄聲與我諧。饑者歡初飽。束帶候鳴雞。揚檝越平湖。泛隨清壑迴。鬱鬱荒山裏。猿聲閑且哀。悲風愛靜夜。林鳥喜晨開。曰余作此來。三四星火頹。姿年逝已老。其事未云乖。遥謝荷蓧翁。聊得從君棲。

飲酒

余閑居寡歡，兼比夜已長，偶有名酒，無夕不飲。顧影獨盡，忽焉復醉。既醉之後，輒題數句自娛。紙墨遂多，辭無詮次，聊命故人書之，以爲歡笑爾。

衰榮無定在。彼此更共之。邵生瓜田中。甯似東陵時。寒暑有代謝。人道每如茲。達人解其會。逝將不復疑。忽與一觴酒。日夕歡相持。

積善云有報。夷叔在西山。善惡苟不應。何事空立言。九十行帶索。飢寒況當年。不賴固窮節。百世當誰傳。伯夷傳大旨，已盡於此。末二句，馬遷所云：「亦各從其志也。」

道喪向千載。人人惜其情。有酒不肯飲。但顧世間名。所以貴我身。豈不在一生。一生復能幾。倏如流電驚。鼎鼎百年内。持此欲何成。

結廬在人境。而無車馬喧。問君何能爾。心遠地自偏。采菊東籬下。悠然見南山。山氣日夕佳。飛鳥相與還。此中有真意。欲辯已忘言。胸有元氣，自然流出，稍著痕迹便失之。

秋菊有佳色。裛露掇其英。泛此忘憂物。遺我遠世情。一觴雖獨進。杯盡壺自傾。日入群動息。歸鳥趨林鳴。嘯傲東軒下。聊復得此生。「遺我遠世情」，陶集作「遠我遺世情」，從陶集爲妥。

清晨聞叩門。倒裳往自開。問子爲誰與。田父有好懷。壺漿遠見候。疑我與時乖。繿縷茅簷下。未足爲高棲。一世皆尚同。願君汨其泥。深感父老言。稟氣寡所諧。紆轡誠可學。違己詎非迷。且共歡此飲。吾駕不可回。「稟氣寡所諧」，「吾駕不可回」，説得斬絶。

在昔曾遠遊。直至東海隅。道路迥且長。風波阻中塗。此行誰使然。似爲飢所驅。傾身營一飽。少許便有餘。恐此非名計。息駕歸閑居。

故人賞我趣。挈壺相與至。班荆坐松下。數斟已復醉。父老雜亂言。觴酌失行次。不覺知有我。安知物爲貴。悠悠迷所留。酒中有深味。超超名理。

少年罕人事。遊好在六經。行行向不惑。淹留遂無成。竟抱固窮節。飢寒飽所更。敝廬交悲風。荒草没前庭。披褐守長夜。晨雞不肯鳴。孟公不在兹。終以翳吾情。

羲農去我久。舉世少復真。汲汲魯中叟。彌縫使其淳。鳳鳥雖不至。禮樂暫得新。洙泗輟微響。漂流逮狂秦。詩書復何罪。一朝成灰塵。區區諸老翁。爲事誠殷勤。如何絶世下。六籍無一親。終日馳車走。不見所問津。若復不快飲。空負頭上巾。但恨多謬誤。君當恕醉人。「彌縫」二字，該盡孔子一生。「爲事誠殷勤」五字，道盡漢儒訓詁。〇末段忽然接入飲酒，此正是古人神化處。〇晉人詩，曠達者徵引老莊，繁縟者徵引班揚，而陶公專用論語。漢人以下，宋儒以前，可推聖門弟子者，淵明也。康樂亦善用經語，而遜其無痕。

有會而作

舊穀既没，新穀未登。頗爲老農，而值年災。日月尚悠，爲患未已。登歲之功，既不可希。朝夕所資，煙火裁通。旬日已來，始念飢乏。歲云夕矣，慨焉詠懷。今我不述，後生何聞哉。

弱年逢家乏。老至更長飢。菽麥實所羨。孰敢慕甘肥。惄如亞九飯。當暑厭寒衣。歲月將欲暮。如何辛苦悲。常善粥者心。深恨蒙袂非。嗟來何足吝。徒没空自遺。斯濫豈彼志。固窮夙所歸。餒也已矣夫。在昔余多師。

擬古

榮榮窗下蘭。密密堂前柳。初與君别時。不謂行當久。出門萬里客。中道逢嘉友。未言心先醉。不在接杯酒。蘭枯柳亦衰。遂令此言負。多謝諸少年。相知不忠厚。意氣傾人命。離隔復何有。

辭家夙嚴駕。當往志無終。問君今何行。非商復非戎。聞有田子春。節義爲士雄。斯人久已死。鄉里習其風。生有高世名。既没傳無窮。不學狂馳子。直在百年中。田子春名疇，劉虞之臣。虞盡忠漢室，爲公孫瓚所害。疇掃地而盟，誓欲復仇。後瓚已滅，烏桓已破，曹操欲加以封爵，疇不受，至欲自刎以明志。

仲春遘時雨。始雷發東隅。衆蟄各潛駭。草木從横舒。翩翩新來燕。雙雙入我廬。先巢故尚在。相將還舊居。自從分別來。門庭日荒蕪。我心固匪石。君情定何如。

迢迢百尺樓。分明望四荒。暮作歸雲宅。朝爲飛鳥堂。山河滿目中。平原獨茫茫。古時功名士。慷慨爭此場。一旦百歲後。相與還北邙。松柏爲人伐。高墳互低昂。頽基無遺主。游魂在何方。榮華誠足貴。亦復可憐傷。

東方有一士。被服常不完。三旬九遇食。十年著一冠。辛苦無此比。常有好容顏。我欲觀其人。晨去越河關。青松夾路生。白雲宿簷端。知我故來意。取琴爲我彈。上絃驚別鶴。下絃操孤鸞。願留就君住。從今至歲寒。辛苦而有好容，所謂身困道亨也。

日暮天無雲。春風扇微和。佳人美清夜。達曙酣且歌。歌竟長歎息。持此感人多。皎皎雲間月。灼灼葉中華。豈無一時好。不久當如何。

少時壯且厲。撫劍獨行遊。誰言行遊近。張掖至幽州。饑食首陽薇。渴飲易水流。不見相知人。惟見古時丘。路邊兩高墳。伯牙與莊周。此士難再得。吾行欲何求。首陽、易水，託意顯然。

種桑長江邊。三年望當採。枝條始欲茂。忽値山河改。柯葉自摧折。根株浮滄海。春蠶既無食。寒衣欲誰待。本不植高原。今日復何悔。欲言難言，陶公詩根本節目，全在此種。

雜詩

人生無根蔕。飄如陌上塵。分散逐風轉。此已非常身。落地爲兄弟。何必骨肉親。得歡當作樂。斗酒聚比鄰。盛年不重來。一日難再晨。及時當勉勵。歲月不待人。

白日淪西阿。素月出東嶺。遥遥萬里輝。蕩蕩空中景。風來入房户。夜中枕席冷。氣變悟時易。不眠知夕永。欲言無予和。揮杯勸孤影。日月擲人去。有志不獲騁。念此懷悲悽。終曉不能靜。

代耕本非望。所業在田桑。躬親未曾替。寒餒常糟糠。豈期過滿腹。便願飽粳糧。御冬足大布。麤絺以應陽。正爾不能得。哀哉亦可傷。人皆盡獲宜。拙生失其方。理也可奈何。且爲陶一觴。

詠貧士

萬族各有託。孤雲獨無依。曖曖空中滅。何時見餘暉。朝霞開宿霧。衆鳥相與飛。遲遲出林翮。未夕復來歸。量力守故轍。豈不寒與飢。知音苟不存。已矣何所悲。

淒厲歲云暮。擁褐曝前軒。南圃無遺秀。枯條盈北園。傾壺絶餘瀝。窺竈不見煙。詩書塞座外。日昃不遑研。閑居非陳厄。竊有慍見言。何以慰吾懷。賴古多此賢。

榮叟老帶索。欣然方彈琴。原生納決履。清歌暢商音。重華去我久。貧士世相尋。敝襟不掩肘。藜羹常乏斟。豈忘襲輕裘。苟得非所欽。賜也徒能辯。乃不見吾心。

袁安困積雪。邈然不可干。阮公見錢入。即日棄其官。芻藁有常溫。采莒足朝餐。豈不實辛苦。所懼非饑寒。貧富常交戰。道勝無戚顏。至德冠邦閭。清節映西關。「所懼非飢寒」,「所樂非窮通」,二語可書座右。

仲蔚愛窮居。繞宅生蒿蓬。翳然絶交遊。賦詩頗能工。舉世無知者。止有一劉龔。此士胡獨然。實由罕所同。介焉安其業。所樂非窮通。人事固以拙。聊得長相從。劉龔,劉向之孫。○不懼飢寒,達天安命,陶公人品,不在季次、原憲下,而概以晉人視之,何耶?○「所樂非窮通」,本莊子。

詠荊軻

燕丹善養士。志在報强嬴。招集百夫良。歲暮得荊卿。君子死知己。提劍出燕京。素驥鳴廣陌。慷慨送我行。雄髮指危冠。猛氣衝長纓。飲餞易水上。四座列群英。漸離擊悲筑。宋意唱高聲。蕭蕭哀風逝。淡淡寒波生。商音更流涕。羽奏壯士驚。心知去不歸。且有後世名。登車何時顧。飛蓋入秦庭。凌厲越萬里。逶迤過千城。圖窮事自至。豪主正怔營。惜哉劍術疎。奇功遂不成。其人雖已没。千載有餘情。英氣勃發,情見乎詞。

讀山海經

孟夏草木長。繞屋樹扶疎。衆鳥欣有託。吾亦愛吾廬。既耕亦已種。時還讀我書。窮巷隔深轍。頗迴故人車。歡言酌春酒。摘我園中蔬。微雨從東來。好風與之俱。泛覽周王傳。流觀山海圖。俯仰終宇宙。不樂復何如。觀物觀我，純乎元氣。

擬輓歌詞

荒草何茫茫。白楊亦蕭蕭。嚴霜九月中。送我出遠郊。四面無人居。高墳正嶕嶢。馬爲仰天鳴。風爲自蕭條。幽室一已閉。千年不復朝。千年不復朝。賢達無奈何。向來相送人。各自還其家。親戚或餘悲。他人亦已歌。死去何所道。託體同山阿。即所謂「萬歲更相送，聖賢莫能度」也。音調彌響，哀思彌深。

謝混

遊西池

悟彼蟋蟀唱。信此勞者歌。有來豈不疾。良遊常蹉跎。逍遥越城肆。願言屢經過。迴阡被陵闕。高臺眺飛霞。惠風蕩繁囿。白雲屯曾阿。景昃鳴禽集。水木湛清華。褰裳順蘭沚。徙倚引芳柯。美人愆歲月。遲暮獨如何。無爲牽所思。南榮戒其多。韓詩云：伐木廢，朋友之道缺，勞者歌其事。詩人伐木，自苦其事，故以爲文。○莊子：庚桑楚謂南榮趎曰：「全汝形，抱汝生，無使汝思慮營營。」

吴隱之

酌貪泉詩

晉書：隱之爲廣州刺史。未至州十里，地名石門，有水曰貪泉，飲者懷無厭之欲。隱之酌而飲之，因賦此詩。及在州，清操愈厲。

古人云此水。一歃懷千金。試使夷齊飲。終當不易心。

廬山諸道人

遊石門詩

石門在精舍南十餘里，一名障山。基連大嶺，體絶衆阜。闢三泉之會，並立而開流。傾巖玄映其上，蒙形表於自然，故因以爲名。此雖廬山之一隅，實斯地之奇觀。皆傳之於舊俗，而未覩者衆。將由懸瀨險峻，人獸迹絶，逕迴曲阜，路阻行難，故罕經焉。釋法師以隆安四年仲春之月，因詠山水，遂杖錫而遊。於時交徒同趣，三十餘人，咸拂衣晨征，悵然增興。雖林壑幽邃，而開塗競進。雖乘危履石，並以所悦爲安。既至，則援木尋葛，歷險窮崖。猿臂相引，僅乃造極。於是擁勝倚巖，詳觀其下。始知七嶺之美，藴奇於此。雙闕對峙其前，重巖映帶其後。巒阜周迴以爲障，崇巖四營而開宇。其中則有石臺石池，宫館之象，觸類之形，致可樂也。清泉分流而合注，渌淵鏡淨於天池。文石發彩，焕若披面。檉松芳草，蔚然光目。其爲神麗，亦已備矣。斯日也，衆情奔悦，矚覽無厭。游觀未久，而天氣屢變。霄霧塵集，則萬象隱形。流光迴照，則衆山倒影。開闔之際，狀有靈焉，而不可測也。乃其將登，則翔禽拂翮，鳴猿厲響。歸雲迴駕，想羽人之來儀。哀聲相和，若玄音之有寄。雖髣髴猶聞，而神以之暢。雖樂不期歡，而欣以永日。當其沖豫自得，信有味焉，而未易言也。退而尋之，夫崖谷之間，會物無主，應不以情而開興，引人致深若此。豈不以虚明朗其照，閒邃篤其情耶？並三復斯談，猶昧然未盡。俄而太陽告夕，所存已往，乃悟幽人之玄覽，達恒物之大情。其爲神趣，豈山水而已哉。於是徘徊崇嶺，流目四矚，九江如帶，丘阜成垤。因此而推，形有巨細，智亦宜然。迺喟然歎宇宙雖遐，古今一契。靈鷲邈矣，荒途日隔。不有哲人，風迹雖存。應深悟遠，慨然長懷。各欣一遇之同歡，感良辰之難再，情發於中，遂共咏之云耳。

超興非有本。理感興自生。忽聞石門遊。奇唱發幽情。褰裳思雲駕。望崖想曾城。馳步乘長巖。不覺質有輕。矯首登雲闕。眇若凌太清。端居運虛輪。轉彼玄中經。神仙同物化。未若兩俱冥。一序奇情深理，發而爲文，無禪習氣，亦無文士氣。詩復清灑不滓。

惠遠

廬山東林雜詩

崇巖吐清氣。幽岫棲神跡。希聲奏群籟。響出山溜滴。有客獨冥游。徑然忘所適。揮手撫雲門。靈關安足闢。流心叩玄扃。感至理弗隔。孰是騰九霄。不奮沖天翮。妙同趣自均。一悟超三益。高僧詩，自有一種清奥之氣。唐時詩僧，以引用内典爲長，便染成習氣，不可嚮邇矣。

帛道猷

陵峰采藥觸興爲詩

連峰數千里。修林帶平津。雲過遠山翳。風至梗荒榛。茅茨隱不見。雞鳴知有人。閒步踐其徑。處處見遺薪。始知百代下。故有上皇民。

謝道韞

登　山

峨峨東嶽高。秀極沖青天。巖中間虛宇。寂寞幽以玄。非工復非匠。雲構發自然。氣象爾何物。遂令我屢遷。逝將宅斯宇。可以盡天年。

趙　整

諫　歌

秦王堅與慕容垂夫人同輦遊後庭。宦官趙整歌云云，堅改容謝之，命夫人下輦。

不見雀來入燕室。但見浮雲蔽白日。

無名氏

短兵篇

劍爲短兵。其勢險危。疾踰飛電。回旋應規。武節齊聲。或合或離。電發星騖。若景若差。兵法攸衆。軍容是儀。

獨漉篇

獨漉獨漉。水深泥濁。泥濁尚可。水深殺我。雍雍雙雁。游戲田畔。我欲射雁。念子孤散。翩翩浮萍。得風搖輕。我心何合。與之同并。空牀低帷。誰知無人。夜衣錦繡。誰別僞真。刀鳴削中。倚牀無施。父冤不報。欲活何爲。猛虎斑斑。遊戲山間。虎欲殺人。不避豪賢。英爽直追漢人。

晉白紵舞歌詩

輕軀徐起何洋洋。高舉兩手白鵠翔。宛若龍轉乍低昂。凝停善睞容儀光。如推若引留且行。隨世而變誠無方。舞以盡神安可忘。晉世方昌樂未央。質如輕雲色如銀。愛之遺誰贈佳人。制以爲袍餘作巾。袍以光軀巾拂塵。麗服在御會佳賓。醪醴盈樽美且淳。清歌徐舞降祇神。四座歡樂胡可陳。

陽春白日風花香。趨步明玉舞瑶瑺。聲發金石媚笙簧。羅袿徐轉紅袖揚。清歌流響繞鳳梁。如矜若思凝且翔。轉盼遺精豔輝光。將流將引雙雁行。歡來何晚意何長。明君御世永歌昌。極寫舞態，中忽入「晉世方昌樂未央」，「明君御世永歌昌」等句，此樂府體。

淫豫

國史補云：蜀之三峽，最號峻急，四月五月尤險，故行者歌之。一作「灩豫」，峽中之灘也。

淫豫大如馬。瞿唐不可下。淫豫大如象。瞿唐不可上。

女兒子

巴東三峽猿鳴悲。夜鳴三聲淚沾衣。古今樂録曰：「女兒子，倚歌也。」三峽謂廣溪峽、巫峽、西陵峽也。林木高茂，猿鳴至清。行者聞之，莫不懷土。○説猿聲之悲始此。

我欲上蜀蜀水難。蹋蹀珂頭腰環環。

三峽謡

水經注曰：峽中有灘，名曰黄牛。巖石既高，江湍紆迴。雖途經信宿，猶望見之。故行者謡云：

朝見黄牛。暮見黄牛。三朝三暮。黄牛如故。四語中寫盡紆迴沿泝之苦。

隴上歌

晉書：劉曜圍陳安於隴城，安敗走。曜使將軍平先追之，平斬安於澗曲。安善於撫下，吉凶夷險，與衆共之。及死，隴上爲之歌。

隴上壯士有陳安。軀幹雖小腹中寬。愛養將士同心肝。驪驄文馬鐵鍛鞍。七尺大刀奮如湍。丈八蛇矛左右盤。十盪十決無當前。百騎俱出如雲浮。追者千萬騎悠悠。戰始三交失蛇矛。棄我驪驄竄巖幽。爲我外援而懸頭。西流之水東流河。一去不還奈子何。中極狀其勇，一結悠然，餘哀不盡。○「百騎俱出」二句，見死於敵兵之多，非戰罪也。本詞無，趙書有，今從增入。

來羅

鬱金黃花標。下有同心草。草生已日長。人生日就老。

作蠶絲

春蠶不應老。晝夜常懷絲。何惜微軀盡。纏綿自有時。纏綿溫厚，不同子夜、讀曲等歌。

休洗紅二章

休洗紅。洗多紅色澹。不惜故縫衣。記得初按茜。人壽百年能幾何。後來新婦今爲婆。

休洗紅。洗多紅在水。新紅裁作衣。舊紅翻作裏。迴黄轉緑無定期。世事返復君所知。

「迴黄轉緑」，字極生新，要知是善用經語。

安東平

淒淒烈烈。北風爲雪。船道不通。步道斷絶。

惠帝元康中京洛童謡

見晉書五行志。

南風起兮吹白沙。遥望魯國何嵯峨。千歲髑髏生齒牙。南風，賈后字也。白，晉行也。沙門，太子小字也。魯國，賈謐也。言后與謐爲亂，以危太子，而趙王因釁以篡奪也。

惠帝時洛陽童謡

見晉書。明年而石勒反。

鄴中女子莫千妖。前至三月抱胡腰。風俗奢淫過甚，必有兵戈之慘繼之，千秋炯戒也。

惠帝大安中童謡

見晉書五行志。後中原大亂，宗藩多絶，唯琅邪、汝南、西陽、南頓、彭城，同至江東，而元帝嗣統矣。

五馬浮渡江。一馬化爲龍。

綿州巴歌

豆子山。打瓦鼓。揚平山。撒白雨。下白雨。取龍女。織得絹。二丈五。一半屬羅江。一半屬玄武。

古詩源卷十

宋　詩

孝武帝

宋人詩，日流於弱，古之終而律之始也。無鮑、謝二公，恐風雅無色。○孝武詩，時有巧思。

自君之出矣

自君之出矣。金翠闇無精。思君如日月。回還晝夜生。

南平王鑠

白紵曲

僊僊徐動何盈盈。玉腕俱凝若雲行。佳人舉袖輝青蛾。摻摻擢手映鮮羅。狀似明月泛雲河。體如輕風動流波。晉曲似拙，然氣味極厚，此但覺其鮮秀矣。風氣升降，作者不能自主。

擬行行重行行

眇眇陵長道。遥遥行遠之。迴車背京里。揮手從此辭。堂上流塵生。庭中緑草滋。寒螿翔水曲。秋兔依山基。芳年有華月。佳人無還期。日夕涼風起。對酒長相思。悲發江南調。憂委子衿詩。卧覺明燈晦。坐見輕紈緇。淚容不可飾。幽鏡難復持。願垂薄暮景。照妾桑榆時。頗臻古意。

何承天

雉子遊原澤篇

雉子遊原澤。幼懷耿介心。飲啄雖勤苦。不願棲園林。古有避世士。抗志青霄岑。浩然寄卜肆。揮棹通川陰。逍遥風塵外。散髮撫鳴琴。卿相非所盼。何況於千金。功名豈不美。寵辱亦相尋。冰炭結六府。憂虞纏胸襟。當世須大度。量己不克任。三復泉流誡。自警良已深。

顔延之

顔詩，惠休品爲「鏤金錯采」，然鏤刻太甚，填綴求工，轉傷真氣。中間如五君詠、秋胡行，皆清真高逸者也。○士衡長於敷陳，延之長於鏤刻，然亦緣此爲累。詩云：「穆如清風。」是爲雅音。

應詔讌曲水作詩八章

宋略曰：文帝元嘉十一年三月丙辰，禊飲於樂遊苑，且祖江夏王義恭、衡陽王義季，有詔會者賦詩。

道隱未形。治彰既亂。帝跡懸衡。皇流共貫。惟王創物。永錫洪算。仁固開周。義高登漢。

祚融世哲。業光列聖。太上正位。天臨海鏡。制以化裁。樹之形性。惠浸萌生。信及翔泳。太上，謂文帝也。

崇虛非徵。積實莫尚。豈伊人和。實靈所貺。日完其朔。月不掩望。航琛越水。輦賮踰嶂。賮，同贐。言遠夷納貢也。

帝體麗明。儀辰作貳。君彼東朝。金昭玉粹。德有潤身。禮不愆器。柔中淵映。芳猷蘭秘。帝體，太子也。記曰：「長子正體於上。」○詩傳曰：「儀，匹也。辰，北辰也。」

昔在文昭。今惟武穆。於赫王宰。方旦居叔。有睟叡蕃。爰履奠牧。甯極和鈞。屏京維服。王宰，謂王爲宰輔，比之周旦。而亦居叔也，指江夏、衡陽二王。

朏魄雙交。月氣參變。開榮灑澤。舒虹爍電。化際無間。皇情爰眷。伊思鎬飲。每惟洛宴。朏魄雙交，謂月之三日也。月氣參變，謂三月也。此說入修禊。

郊餞有壇。君舉有禮。幕帷蘭甸。畫流高陛。分庭薦樂。析波浮醴。豫同夏諺。事兼出濟。

仰閲豐施。降惟微物。三妨儲隸。五塵朝黻。途泰命屯。思充報屈。有悔可悛。滯瑕難拂。微物，自謂也。三妨、五塵，謂己所歷之官位。〇八章次序有法，追金琢玉，不妨沈悶，義山所謂「句奇語重」者耶。

郊祀歌

夤威寶命。嚴恭帝祖。炳海表岱。系唐胄楚。靈監睿文。民屬睿武。奄受敷錫。宅中拓宇。亘地稱皇。罄天作主。月竁來賓。日際奉土。開元首正。禮交樂舉。六典聯事。九官列序。有牷在滌。有絜同潔。在俎。薦饗王衷。以答神祜。尚書曰：「海岱及淮惟徐州。」東京賦曰：「系唐統，接漢緒。」沈約宋書曰：「高祖，彭城人，楚元王之後也。」彭城，徐州之境。〇竁，同窟。

維聖饗帝。維孝饗親。皇乎備矣。有事上春。禮行宗祀。敬達郊禋。金枝中樹。廣樂四陳。陟配在京。降聽在民。奔精昭夜。高燎煬晨。陰明浮爍。沈禜深淪。告成大報。受釐元神。月御按節。星驅扶輪。遥興遠駕。曜曜振振。奔精，星流也。〇宋爲水德而主辰，故陰明之宿，浮爍而揚光。沈禜，所祭沈淪而沈靜也。禜，祭名。〇「月御」二句，言天神降而月御爲之按節，星驅爲之扶輪也。

贈王太常

玉水記方流。璇源載圓折。蓄寶每希聲。雖祕猶彰徹。聆龍睽音砌。九淵。聞鳳窺丹穴。歷聽豈多士。巋然覯時哲。舒文廣國華。敷言遠朝列。德輝灼邦懋。芳風被鄉耋。側同幽人居。郊扉常晝閉。必列切。林閭時晏開。亟迴長者轍。庭昏見野陰。山明望松雪。靜惟浹群化。徂生入窮節。豫往誠歡歇。悲來非樂闋。屬美謝繁翰。遙懷具短札。尸子曰：「凡水，其方折者有玉，其圓折者有珠。」○睽，察也。○用筆太重，非詩人本色。

夏夜呈從兄散騎車長沙 散騎，字敬宗。車長沙，字仲遠。

炎天方埃鬱。暑晏闋塵紛。獨靜闞偶坐。臨堂對星分。側聽風薄木。遙睇月開雲。夜蟬當夏急。陰蟲先秋聞。歲候初過半。荃蕙豈久芬。屏居惻物變。慕類抱情殷。九逝非空思。七襄無成文。楚詞曰：「惟郢路之遼遼兮，魂一夕而九逝。」

北使洛 宋書曰：延之洛陽道中作，文辭藻麗，爲謝晦、傅亮所賞。

改服飭徒旅。首路跼險艱。振楫發吴洲。秣馬陵楚山。塗出梁宋郊。道由周鄭間。前登陽城路。日夕望三川。在昔輟期運。經始闊聖賢。伊瀫絶津濟。臺館無尺椽。宮陛多巢穴。城闕生雲煙。王猷升八表。嗟行方暮年。陰風振涼野。飛雪瞀窮天。臨塗未及引。置酒慘無言。隱閔徒御悲。威遲良馬煩。遊役去芳時。歸來屢徂諐。古愆字。蓬心既已矣。飛薄殊亦然。抱朴子曰：「聞之前志，聖人生率闊五百歲。」○黍離之感，行役之悲，情旨暢越。

五君詠五首　竹林七賢，山濤、王戎，以貴顯被斥。

阮步兵　籍。

阮公雖淪迹。識密鑒亦洞。沈醉似埋照。寓辭類託諷。長嘯若懷人。越禮自驚衆。物故不可論。途窮能無慟。

嵇中散　康。

中散不偶世。本自餐霞人。形解驗默仙。吐論知凝神。立俗迕流議。尋山洽隱淪。鸞翮有時鎩。龍性誰能馴。桓子新論曰：「聖人皆形解仙去。」

劉參軍　伶。

劉伶善閉關。懷情滅聞見。鼓鐘不足歡。榮色豈能眩。韜精日沈飲。誰知非荒宴。頌酒雖短章。深衷自此見。老子曰：「善閉者無關鍵而不可開。」言道德内充，情欲俱閉也。

阮始平 咸。

仲容青雲器。實禀生民秀。達音何用深。識微在金奏。郭奕已心醉。山公非虚覿。屢薦不入官。一麾乃出守。阮咸哀樂至到，過絶於人，太原郭奕，見之心醉。○山濤啟事曰：「咸若在官之職，必妙絶於時。」

向常侍 秀。

向秀甘淡薄。深心託豪素。探道好淵玄。觀書鄙章句。交吕既鴻軒。攀嵇亦鳳舉。流連河裏遊。惻愴山陽賦。秀嘗與嵇康偶鍛於洛邑，與吕安灌園於山陽。

秋胡詩九首

椅梧傾高鳳。寒谷待鳴律。影響豈不懷。自遠每相匹。婉彼幽閑女。作嬪君子室。峻節貫秋霜。明豔侔朝日。嘉運既我從。欣願自此畢。椅梧佇鳳鳥之來儀，寒谷待吹律而成煦，言夫婦之相匹，如影響之相思也。

燕居未及好。良人顧有違。脱巾千里外。結綬登王畿。戒徒在昧旦。左右來相依。驅車出郊郭。行路正威遲。存爲久離别。没爲長不歸。

嗟余怨行役。三陟窮晨暮。嚴駕越風寒。解鞍犯霜露。原隰多悲涼。迴飆卷高樹。離獸起荒蹊。驚鳥縱横去。悲哉遊宦子。勞此山川路。卷耳詩：「陟彼崔嵬」，「陟彼高岡」，「陟彼砠矣」，故曰「三陟」。

超遥行人遠。宛轉年運徂。良時爲此别。日月方向除。孰知寒暑積。僶俛見榮枯。歲暮臨空房。涼風起坐隅。寢興日已寒。白露生庭蕪。一章至四章，言宦仕於外，己之靡日不思也。

勤役從歸願。反路遵山河。昔辭秋未素。今也歲載華。蠶月觀時暇。桑野多經過。佳人從所務。窈窕援高柯。傾城誰不顧。弭節停中阿。

年往誠思勞。路遠闊音形。雖爲五載别。相與昧平生。捨車遵往路。鳧藻馳目成。南金豈不重。聊自意所輕。義心多苦調。密比金玉聲。五章至六章，言遇於桑下，秋胡子下車，與之以金也。○班彪冀州賦曰：「感鳧藻以進樂。」

高節難久淹。朅來空復辭。遲遲前途盡。依依造門基。上堂拜嘉慶。入室問何之。日暮行采歸。物色桑榆時。美人望昏至。慙歎前相持。此章言其母使人呼其婦至，乃向采桑者也。

有懷誰能已。聊用申若言。離居殊年載。一别阻河關。春來無時豫。秋至恒早寒。明發動愁心。閨中起長歎。慘悽歲方晏。日落遊子顔。言情之慘悽，在乎歲之方晏；日之將落，愈思遊子之顔。此章申言五載中思慕情事。○前章説相持矣，以常情言，宜即出憤語。此卻申言離居之苦，急處用緩承，正是節奏之妙。

高張生絶絃。聲急由調起。自昔枉光塵。結言固終始。如何久爲别。百行諐古愆字。諸己。君子失明義。誰與偕没齒。愧彼行露詩。甘之長川汜。高張生於絶絃，喻立節期於效命。聲急由乎調起，喻詞切興於恨深。○易曰：「歸妹，人之終始也。」○無古樂府之警健，然章法綿密，布置穩順，在延之爲上乘矣。

謝靈運

前人評康樂詩，謂「東海揚帆，風日流利」，此不甚允。大約經營慘淡，鈎深索隱，而一歸自然。山水閒適，時遇理趣，匠心獨運，少規往則。建安諸公，都非所屑，況士衡以下。○陶詩合下自然，不可及處，在真在厚。謝詩追琢而返於自然，不可及處，在新在俊。千古並稱，厥有由夫。○陶詩高處在不排，謝詩勝處在排，所以終遜一籌。○劉勰明詩篇曰：「老莊告退，而山水方滋。」見遊山水詩以康樂爲最。

從遊京口北固應詔

從宋武帝。

玉璽誡誠信。黄屋示崇高。事爲名教用。道以神理超。昔聞汾水遊。今見塵外鑣。鳴笳發春渚。税鑾登山椒。張組眺倒景。同影。列筵矚歸潮。遠巖映蘭薄。白日麗江皐。原隰荑緑柳。墟囿散紅桃。皇心美陽澤。萬象咸光昭。顧己枉維縶。撫志慙場苗。工拙各所宜。終以返林巢。曾是縈舊想。覽物奏長謡。莊子曰：「堯見四子藐姑射之山，汾水之陽。」○理語入詩，而不覺其腐，全在骨高。

述祖德詩二首

序曰：太元中，王父龕定淮南，負荷世業，尊主隆人。逮賢相徂謝，君子道消，拂衣蕃岳，考卜東山。事同樂生之時，志期范蠡之舉。王父，謂玄也。龕，同戡，勝也。龕定淮南，謂敗苻堅事。

達人貴自我。高情屬天雲。兼抱濟物性。而不纓垢氛。段生蕃魏國。展季救魯人。弦高犒⿰日晉師。仲連卻秦軍。臨組乍不緤。對珪甯肯分。惠物辭所賞。勵志故絶人。苕苕歷千載。遥遥播清塵。清塵竟誰嗣。明哲垂經綸。委講輟道論。改服康世屯。屯難既云康。尊主隆斯民。弦高犒秦師，在⿰日晉之道。⿰日晉，音晉。見呂氏春秋。諸本爲晉字之誤也，因改正。

中原昔喪亂。喪亂豈解已。崩騰永嘉末。逼迫太元始。河水無反正。江介有蹙圮。萬邦咸震慴。橫流賴君子。拯溺由道情。龕暴資神理。秦趙欣來蘇。燕魏遲文軌。賢相謝世運。遠圖因事止。高揖七州外。拂衣五湖裏。隨山疏濬潭。傍巖藝枌梓。遺情捨塵物。貞觀丘壑美。蹙圮，詩曰：「日蹙國百里。」爾雅曰：「圮，敗覆也。」莊子曰：「夫道有情有性。」

九日從宋公戲馬臺集送孔令

季秋邊朔苦。旅雁違霜雪。淒淒陽卉腓。皎皎寒潭潔。良辰感聖心。雲旗興暮節。鳴笳戾朱宮。蘭巵獻時哲。餞晏光有孚。和樂隆所缺。在宥天下理。吹萬群方悦。歸客遂海隅。脱冠謝朝列。弭棹薄枉渚。指景待樂闋。河流有急瀾。浮驂無緩轍。豈伊川途念。宿心愧將别。彼美丘園道。喟焉傷薄劣。詩序曰：「鹿鳴廢，則和樂缺矣。」○莊子曰：「聞在宥天下，不聞在治天下也。」郭象曰：「宥使自在，則治也。」○莊子：「南郭子綦曰：『夫吹萬不同，而使其自已也。』」司馬彪曰：「言天氣吹煦，長養萬物，形氣不同。」已，止也。使各得其性而止。

鄰里相送至方山

祇役出皇邑。相期憩甌越。解纜及流潮。懷舊不能發。析析就衰林。皎皎明秋月。含情易爲盈。遇物難可歇。積痾謝生慮。寡欲罕所闕。資此永幽棲。豈伊千歲别。各勉日新志。音塵慰寂蔑。「解纜」二句，别緒低徊。「含情」二句，觸境自得。

過始寧墅

束髮懷耿介。逐物遂推遷。違志似如昨。二紀及兹年。緇磷謝清曠。疲薾慙貞堅。拙疾相倚薄。還得靜者便。剖竹守滄海。枉帆過舊山。山行窮登頓。水涉盡洄沿。巖峭嶺稠疊。洲縈渚連綿。白雲抱幽石。緑篠媚清漣。葺宇臨迴江。築觀基層巔。揮手告鄉曲。二載期歸旋。且爲樹枌檟。無令孤願言。登頓沿洄，非老於遊山水者不知。○左傳：「初季孫爲己樹六檟於蒲圃東門之外[一]。」杜注曰：檟，自爲櫬也。○始寧縣，謝公故宅及墅在焉，茲因之官過此，故有末四句。

七里瀨

羈心積秋晨。晨積展遊眺。孤客傷逝湍。徒旅苦奔峭。石淺水潺湲。日落山照曜。荒林紛沃若。哀禽相叫嘯。遭物悼遷斥。存期得要妙。既秉上皇心。豈屑末代誚。目覩嚴子瀨。想屬任公釣。誰謂今古殊。異代可同調。

登池上樓 在永嘉郡。

潛虬媚幽姿。飛鴻響遠音。薄霄愧雲浮。棲川怍淵沈。進德智所拙。退耕力不任。狥禄反窮海。卧痾對空林。衾枕昧節候。褰開暫窺臨。傾耳聆波瀾。舉目眺嶇嶔。初景革緒風。新陽改故陰。池塘生春草。園柳變鳴禽。祁祁傷豳歌。萋萋感楚吟。索居易

[一] 東，原作「泉」，據左傳襄公四年改。

永久。離群難處心。持操豈獨古。無悶徵在今。虬以深潛而保真，鴻以高飛而遠害，今以嬰世網，故有愧虬與鴻也。薄霄，頂飛鴻。棲川，頂潛虬。○楚詞曰：「款秋冬之緒風。」○「池塘生春草」，偶然佳句，何必深求。權德輿解爲「王澤竭，候將變」，何句不可穿鑿耶？

遊南亭 亦永嘉郡。

時竟夕澄霽。雲歸日西馳。密林含餘清。遠峰隱半規。久痗昏墊苦。旅館眺郊岐。澤蘭漸被徑。芙蓉始發池。未厭青春好。已覩朱明移。慼慼感物歎。星星白髮垂。藥餌情所止。衰疾忽在斯。逝將候秋水。息景偃舊崖。我志誰與亮。賞心惟良知。起先用寫景，第六句點出眺郊岐，此倒插法也，少陵往往用之。○良知，謂良友。

遊赤石進泛海

首夏猶清和。芳草亦未歇。水宿淹晨暮。陰霞屢興没。周覽倦瀛壖。況乃凌窮髮。川后時安流。天吴靜不發。揚帆采石華。挂席拾海月。溟漲無端倪。虚舟有超越。仲連輕齊組。子牟眷魏闕。矜名道不足。適己物可忽。請附任公言。終然謝先伐。張衡歸田賦：「仲春令月，時和氣清。」指二月言。此言首夏，猶之清和，芳草亦未歇也。後人以四月爲清和，謬矣。○臨海志曰：「石華，附石而生。」「海月，大如鏡，白色。」○莊子曰：「孔子圍於陳，太公任往弔之，曰：『直木先伐，甘泉先竭。』子其意者飾智以驚愚，修身以明汚，昭昭若揭日月而行，故不免也。」

登江中孤嶼 在永嘉江心。

江南倦歷覽。江北曠周旋。懷新道轉迥。尋異景不延。亂流趨正絶。孤嶼媚中川。雲日相輝映。空水共澄鮮。表靈物莫賞。蘊真誰爲傳。想像崑山姿。緬邈區中緣。始信安期術。得盡養生年。「懷新道轉迥」，謂貪尋新境，忘其道之遠也。「尋異景不延」，謂往前探奇，當前妙景，不能少遷延也。深於尋幽者知之。十字字字耐人咀味。〇「亂流」二句，謂截流而渡，忽得孤嶼。余嘗遊金、焦，誦此二句，愈覺其妙。

登永嘉緑嶂山詩

裹糧杖輕策。懷遲上幽室。行源徑轉遠。距陸情未畢。澹潋結寒姿。團欒潤霜質。澗委水屢迷。林迥巖逾密。眷西謂初月。顧東疑落日。踐夕奄昏曙。蔽翳皆周悉。蠱上貴不事。履二美貞吉。幽人常坦步。高尚邈難匹。頤阿竟何端。寂寂寄抱一。恬如既已交。繕性自此出。「眷西」四句，言深入蒼翠中，幾不知旦暮，左眺右瞻，疑誤日月也。然此詩過於雕鏤，漸失天趣，取其用意之佳耳。

齋中讀書

昔余遊京華。未嘗廢丘壑。矧乃歸山川。心跡雙寂漠。虛館絶諍訟。空庭來鳥雀。卧疾豐暇豫。翰墨時間作。懷抱觀古今。寢食展戲謔。既笑沮溺苦。又哂子雲閣。執戟亦以疲。耕稼豈云樂。萬事難並歡。達生幸可託。楚詞曰：「野寂漠其無人。」漠，同寞。○「子雲閣」，强押。

田南樹園激流植援 命題簡古。

樵隱俱在山。由來事不同。不同非一事。養痾亦園中。中園屏氛雜。清曠招遠風。卜室倚北阜。啟扉面南江。激澗代汲井。插槿當列墉。群木既羅户。衆山亦當窗。靡迤趨下田。迢遞瞰高峰。寡欲不期勞。即事罕人功。惟開蔣生徑。永懷求羊蹤。賞心不可忘。妙善冀能同。郭象注莊曰：「妙善同，故無往而不冥也。」「同」字重韻。

石壁精舍還湖中作

昏旦變氣候。山水含清暉。清暉能娱人。遊子憺忘歸。出谷日尚早。入舟陽已微。林蹙斂暝色。雲霞收夕霏。芰荷迭映蔚。蒲稗相因依。披拂趨南徑。愉悦偃東扉。慮澹物自輕。意愜理無違。寄言攝生客。試用此道推。

登石門最高頂

晨策尋絶壁。夕息在山棲。疏峰抗高館。對嶺臨迴溪。長林羅户穴。積石擁階基。連巖覺路塞。密竹使徑迷。來人忘新術。去子惑故蹊。活活夕流駛。噭噭夜猿啼。沈冥豈別理。守道自不攜。心契九秋榦。目翫三春荑。居常以待終。處順故安排。惜無同懷客。共登青雲梯。

石門新營所住四面高山迴溪石瀨茂林修竹

躋險築幽居。披雲臥石門。苔滑誰能步。葛弱豈可捫。嫋嫋秋風過。萋萋春草繁。美人遊不還。佳期何由敦。芳塵凝瑶席。清醑滿金樽。洞庭空波瀾。桂枝徒攀翻。結念屬霄漢。孤景莫與諼。俯濯石下潭。仰看條上猿。早聞夕飇急。晚見朝日暾。崖傾光難留。林深響易奔。感往慮有復。理來情無存。庶持乘日車。得以慰誉魂。匪爲衆人説。冀與智者論。「早聞」二句，總見光景之不同。「感往」二句，言悲感已往，而夭壽紛錯，故慮有迴復。妙理若來，而物我俱喪，故情無所存。○莊子牧馬篇：「童子謂黄帝曰：『有長者教子曰：「若乘日之車，而遊襄城之野。」』」○楚辭曰：「載營魂而升霞。」

於南山往北山經湖中瞻眺

朝旦發陽崖。景落憩陰峰。舍舟眺迥渚。停策倚茂松。側徑既窈窕。環洲亦玲瓏。俯視喬木杪。仰聆大壑潨。石横水分流。林密蹊絶蹤。解音蟹。作竟何感。升長皆丰容。初篁苞緑籜。新蒲含紫茸。海鷗戲春岸。天鷄弄和風。撫化心無厭。覽物眷彌重。不惜去人遠。但恨莫與同。孤游非情歎。賞廢理誰通。易曰：「天地解而雷雨作，雷雨作而百果草木皆甲坼。」又曰：「地中生木升。」詩中用經，無如謝公者。

從斤竹澗越嶺溪行

猿鳴誠知曙。谷幽光未顯。巖下雲方合。花上露猶泫。逶迤傍隈隩。迢遞步陘峴。過澗既厲急。登棧亦陵緬。川渚屢經復。乘流翫迴轉。蘋萍泛沈深。菰蒲冒清淺。企石挹飛泉。攀林摘葉卷。想見山阿人。薜蘿若在眼。握蘭勤徒結。折麻心莫展。情用賞爲美。事昧竟誰辨。觀此遺物慮。一悟得所遣。過澗既厲急，用以衣涉水事。○棗據逸民賦曰：「握春蘭兮遺芳。」楚辭曰：「折疎麻兮瑶華，將以遺兮離居。」此云「勤徒結」、「心莫展」，言欲贈友而末由也。承上二句看便明。

過白岸亭詩

拂衣遵沙垣。緩步入蓬屋。近澗涓密石。遠山映疎木。空翠難强名。漁釣易爲曲。援蘿聆青崖。春心自相屬。交交止栩黄。呦呦食苹鹿。傷彼人百哀。嘉爾承筐樂。榮悴迭去來。窮通成休慼。未若常疎散。萬事恒抱朴。凡物可以名，則淺矣。「難强名」，神於寫空翠者。○「止栩黄」，言黄鳥止於栩也，然終未妥。

初去郡 爲永嘉守一年，稱疾去職還始寧。

彭薛裁知恥。貢公未遺榮。或可優貪競。豈足稱達生。伊予秉微尚。拙訥謝浮名。廬園當棲巖。卑位代躬耕。顧己雖自許。心跡猶未并。無庸方周任。有疾象長卿。畢娶類尚子。薄遊似邴生。恭承古人意。促裝返柴荆。牽絲及元興。解龜在景平。負心二十載。於今廢將迎。理棹遄還期。遵渚鶩修垌。溯溪終水涉。登嶺始山行。野曠沙岸淨。天高秋月明。憩石挹飛泉。攀林搴落英。戰勝臞者肥。鑒止流歸停。即是羲唐化。獲我擊壤情。漢書曰：「廣德當宣，近於知恥。」謂彭宣、薛廣德也。貢公，指貢禹。○邴生，謂曼容。養志自修，爲官不肯過六百石，輒自免去。〇子夏曰：「吾入見先王之義則榮之，出見富貴又榮之，二者戰於胸臆，故臞。今見先王之義戰勝，故肥也。」〇文子曰：「莫監於流潦，而監於止水。」

夜宿石門詩

朝搴苑中蘭。畏彼霜下歇。暝還雲際宿。弄此石上月。鳥鳴識夜棲。木落知風發。異音同至聽。殊響俱清越。妙物莫爲賞。芳醑誰與伐。美人竟不來。陽阿徒晞髮。「異音同至聽」，「空翠難强名」，皆謝公獨造語。

入彭蠡湖口

客遊倦水宿。風潮難具論。洲島驟迴合。圻岸屢崩奔。乘月聽哀狖。浥露馥芳蓀。春晚緑野秀。巖高白雲屯。千念集日夜。萬感盈朝昏。攀崖照石鏡。牽葉入松門。三江事多往。九派理空存。靈物忞珍怪。異人祕精魂。金膏滅明光。水碧綴流温。徒作千里曲。絃絶念彌敦。

入華子岡是麻源第三谷

南州實炎德。桂樹凌寒山。銅陵映碧澗。石磴瀉紅泉。既枉隱淪客。亦棲肥遯賢。險徑無測度。天路非術阡。遂登群峰首。邈若升雲煙。羽人絶髣髴。丹丘徒空筌。圖牒復摩滅。碑版誰聞傳。莫辨百代後。安知千載前。且申獨往意。乘月弄潺湲。恒充俄頃用。豈爲古今然。

歲暮

殷憂不能寐。苦此夜難頹。明月照積雪。朔風勁且哀。運往無淹物。年逝覺已催。闕文。

古詩源卷十一

宋詩

謝瞻

答靈運

夕霽風氣涼。閑房有餘清。開軒滅華燭。月露皓已盈。獨夜無物役。寢者亦云寧。忽獲愁霖唱。懷勞奏所誠。歎彼行旅艱。深兹眷言情。伊余雖寡慰。殷憂暫爲輕。牽率酬嘉藻。長揖愧吾生。

九日從宋公戲馬臺集送孔令詩

宋高祖遊戲馬臺送孔靖，命僚佐賦詩，瞻作冠於一時。

風至授寒服。霜降休百工。繁林收陽彩。密苑解華叢。巢幕無留燕。遵渚有來鴻。輕霞冠秋日。迅商薄清穹。聖心眷嘉節。揚鑾戾行宫。四筵霑芳醴。中堂起絲桐。扶光迫西汜。歡餘宴有窮。逝矣將歸客。養素克有終。臨流怨莫從。歡心歎飛蓬。淮南子曰：「日出暘谷拂扶桑。」楚辭曰：「出自暘谷，次於蒙汜。」○時晉帝尚存，而崇媚宋公至此，視淵明有餘慚矣。康樂篇亦然。

謝惠連

謝宣遠詩，一味鏤刻，失自然之致。詠張子房作，爲生硬之尤者，雖當時推重，删之。

擣衣

衡紀無淹度。晷運倏如摧。白露滋園菊。秋風落庭槐。肅肅莎雞羽。烈烈寒螿啼。夕陰結空幕。宵月皓中閨。美人戒裳服。端飾相招攜。簪玉出北房。鳴金步南階。櫩高砧響發。楹長杵聲哀。微芳起兩袖。輕汗染雙題。紈素既已成。君子行未歸。裁用笥中刀。縫爲萬里衣。盈篋自余手。幽緘俟君開。腰帶準疇昔。不知今是非。漢書曰：「用昏建者杓，夜半建者衡。」衡，斗之中央也。○一結能作情語，不入纖靡。

西陵遇風獻康樂

我行指孟春。春仲尚未發。趣途遠有期。念離情無歇。成裝候良辰。漾舟陶嘉月。瞻塗意少悰。還顧情多闕。楚辭曰：「陶嘉月兮總駕。」陶，喜也。

哲兄感仳別。相送越坰林。飲餞野亭館。分袂澄湖陰。悽悽留子言。眷眷浮客心。迴塘隱艫栧。遠望絶形音。靡靡即長路。戚戚抱遥悲。悲遥但自弭。路長當語誰。行行道轉遠。去去情彌遲。昨發浦陽汭。今宿浙江湄。屯雲蔽曾嶺。驚風涌飛流。零雨潤墳澤。落雪灑林丘。浮氛晦崖巘。積素或原疇。曲汜薄停旅。通川絶行舟。臨津不得濟。佇楫阻風波。蕭條洲渚際。氣色少諧和。西瞻興遊歎。東睇起悽歌。積憒成疢痗。無萱將如何。雅音徘徊，清婉可誦。

秋懷

平生無志意。少小嬰憂患。如何乘苦心。矧復值秋晏。皎皎天月明。奕奕河宿爛。蕭瑟含風蟬。寥唳度雲雁。寒商動清閨。孤燈曖幽幔。耿介繁慮積。展轉長宵半。夷險難預謀。倚伏昧前算。雖好相如達。不同長卿慢。頗悦鄭生偃。無取白衣宦。未知古人心。且從性所翫。賓至可命觴。朋來當染翰。高臺驟登踐。清淺時陵亂。頹魄不再圓。傾羲無兩旦。金石終銷毁。丹青暫雕焕。各勉玄髪歡。無貽白首歎。因歌遂成賦。聊用布親串。雖好相如之達，而不同其慢；頗悦鄭均之偃仰，而無取其爲白衣尚書。故下云「且從性所翫」也。○

汲冢紀年：「懿王元年，天再旦於鄭。」○串，音慣。讀作穿上聲者非。

泛湖歸出樓中望月

日落泛澄瀛。星羅游輕橈。憩榭面曲汜。臨流對迴潮。輟策共駢筵。並坐相招要。哀鴻鳴沙渚。悲猿響山椒。亭亭映江月。飀飀出谷飈。斐斐氣羃岫。泫泫露盈條。近矚祛幽藴。遠視蕩諠囂。晤言不知罷。從夕至清朝。

謝　莊

北宅秘園

夕天霽晚氣。輕霞澄暮陰。微風清幽幌。餘日照青林。收光漸窗歇。窮園自荒深。綠池翻素景。秋懷響寒音。伊人儻同愛。絃酒共棲尋。棲尋，謂同棲息、同遊尋也。○諸謝詩獨詳康樂，餘所收從略。

鮑　照

明遠樂府，如五丁鑿山，開人世所未有，後太白往往效之。五言古亦在顔、謝之間。○抗音吐懷，每成亮節，其高處遠軼機、雲，上追操、植。○五言古雕琢與謝公相似，自然處不及。

代東門行 代，猶擬也。

傷禽惡弦驚。倦客惡離聲。離聲斷客情。賓御皆涕零。涕零心斷絶。將去復還訣。一息不相知。何況異鄉别。遥遥征駕遠。杳杳白日晚。居人掩閨卧。行子夜中飯。野風吹秋木。行子心腸斷。食梅常苦酸。衣葛常苦寒。絲竹徒滿座。憂人不解顔。長歌欲自慰。彌起長恨端。「食梅常苦酸」一聯，與青青河畔草篇忽入「枯桑知天風，海水知天寒」，一種神理。

代放歌行

蓼蟲避葵堇。習苦不言非。小人自齷齪。安知曠士懷。雞鳴洛城裏。禁門平旦開。冠蓋縱横至。車騎四方來。素帶曳長飇。華纓結遠埃。日中安能止。鐘鳴猶未歸。夷世不可逢。賢君信愛才。明慮自天斷。不受外嫌猜。一言分珪爵。片善辭草萊。豈伊白璧賜。將起黄金臺。今君有何疾。臨路獨遲迴。楚辭曰：「蓼蟲不徙乎葵藿。」言蓼蟲處辛辣，食苦惡，不徙葵藿，食甘美也。○「素帶」二語，寫盡富貴人塵俗之狀，漢詩中所謂「冠帶日相索」也。

代白頭吟

直如朱絲繩。清如玉壺冰。何慙宿昔意。猜恨坐相仍。人情賤恩舊。世議逐衰興。毫髮一爲瑕。丘山不可勝。食苗實碩鼠。點白信蒼蠅。鳧鵠遠成美。薪芻前見陵。申黜褒女進。班去趙姬升。周王日淪惑。漢帝益嗟稱。心賞猶難恃。貌恭豈易憑。古來共如此。非君獨撫膺。「鳧鵠遠成美」，言雞以近而忘其美，鵠以所從來遠而覺其美也。用田饒答魯哀公語意。○「薪芻前見陵」，陵，侵也。即譬如積薪，後來者處上意。

代東武吟

主人且勿諠。賤子歌一言。僕本寒鄉士。出身蒙漢恩。始隨張校尉。占募到河源。後逐李輕車。追虜窮塞垣。密塗亘萬里。寧歲猶七奔。肌力盡鞍甲。心思歷涼温。將軍既下世。部曲亦罕存。時事一朝異。孤績誰復論。少壯辭家去。窮老還入門。腰鐮刈葵藿。倚杖牧雞豚。昔如韝上鷹。今似檻中猿。徒結千載恨。空負百年怨。平聲。棄席思君幄。疲馬戀君軒。願垂晉主惠。不愧田子魂。張校尉謂張騫，李輕車謂李蔡。○七奔，左傳：「吴入州來，子重、子反，於是乎一歲七奔命。」○棄席用晉文公事，疲馬用田子方事，俱見韓詩外傳。

代出自薊北門行

羽檄起邊亭。烽火入咸陽。徵師屯廣武。分兵救朔方。嚴秋筋竿勁。虜陣精且彊。天子按劍怒。使者遥相望。雁行緣石徑。魚貫度飛梁。簫鼓流漢思。旍甲被胡霜。疾風衝塞起。沙礫自飄揚。馬毛縮如蝟。角弓不可張。時危見臣節。世亂識忠良。投軀報明主。身死爲國殤。明遠能爲抗壯之音，頗似孟德。

代鳴雁行

邕邕鳴雁鳴始旦。齊行命侶入雲漢。中夜相失群離亂。留連徘徊不忍散。憔悴儀容君不知。辛苦風霜亦何爲。

代淮南王

淮南王。好長生。服食鍊氣讀仙經。琉璃作盌牙作盤。金鼎玉匕合神丹。合神丹。戲紫房。紫房綵女弄明璫。鸞歌鳳舞斷君腸。朱城九門門九閨。願逐明月入君懷。入君懷。結君佩。怨君恨君恃君愛。築城思堅劍思利。同盛同衰莫相棄。怨、恨、愛，并在一句中，是樂府句法。下「築城」句，是樂府神理。

代春日行

獻歲發。吾將行。春山茂。春日明。園中鳥。多嘉聲。梅始發。桃始青。泛舟艫。齊櫂驚。奏采菱。歌鹿鳴。微風起。波微生。絃亦發。酒亦傾。入蓮池。折桂枝。芳袖動。芬葉披。兩相思。兩不知。聲情駘宕，末六字比「心悅君兮君不知」更深。

代白紵舞歌辭四首 係奉詔作。

吳刀楚製爲佩褘。纖羅霧縠垂羽衣。含商咀徵歌露晞。珠履颯沓紈袖飛。淒風夏起素雲迴。車怠馬煩客忘歸。蘭膏明燭承夜輝。

桂宮柏寢擬天居。朱爵文窗韜綺疏。象牀瑶席鎮犀渠。雕屏匼匝組帷舒。秦箏趙瑟挾笙竽。垂璫散珮盈玉除。停觴不語欲誰須。

三星參差露霑濕。絃悲管清月將入。寒光蕭條候蟲急。荆王流歎楚妃泣。紅顏難長時易戢。凝華結藻久延立。非君之故豈安集。

池中赤鯉庖所捐。琴高乘去騰上天。命逢福世丁溢恩。簪金藉綺升曲絃。恩厚德深委如山。潔誠洗志期暮年。烏白馬角寧足言。

擬行路難

奉君金巵之美酒。瑇瑁玉匣之雕琴。七綵芙蓉之羽帳。九華蒲萄之錦衾。紅顔零落歲將暮。寒光宛轉時欲沉。願君裁悲且減思。聽我抵節行路吟。不見柏梁銅雀上。寧聞古時清吹音。

洛陽名工鑄爲金博山。千斲復萬鏤。上刻秦女攜手僊。承君清夜之歡娱。列置幃裏明燭前。外發龍鱗之丹綵。内含麝芬之紫煙。如今君心一朝異。對此長歎終百年。

璇閨玉墀上椒閣。文窗繡户垂羅幕。中有一人字金蘭。被服纖羅采芳藿。春燕參差風散梅。開幃對景弄春爵。含歌攬涕恒抱愁。人生幾時得爲樂。寧作野中之雙鳧。不願雲間之別鶴。

瀉水置平地。各自東西南北流。人生亦有命。安能行歎復坐愁。酌酒以自寬。舉杯斷絶歌路難。心非木石豈無感。吞聲躑躅不敢言。妙在不曾説破，讀之自然生愁。○起手無端而下，如黄河落天走東海也。若移在中間，猶是恒調。

對案不能食。拔劍擊柱長歎息。丈夫生世會幾時。安能蹀躞垂羽翼。棄置罷官去。還家自休息。朝出與親辭。暮還在親側。弄兒牀前戲。看婦機中織。自古聖賢盡貧賤。何況我輩孤且直。家庭之樂，豈宦遊可比，明遠乃亦不免俗見耶？江淹恨賦，亦以左對孺人，顧弄稚子爲恨。功名中人，懷抱爾爾。

愁思忽而至。跨馬出北門。舉頭四顧望。但見松柏園。荆棘鬱蹲蹲。中有一鳥名杜鵑。言是古時蜀帝魂。聲音哀苦鳴不息。羽毛憔悴似人髡。飛走樹間啄蟲蟻。豈憶往日天子尊。念此死生變化非常理。中心惻愴不能言。

中庭五株桃。一株先作花。陽春妖冶二三月。從風簸蕩落西家。西家思婦見悲惋。零淚沾衣撫心歎。初我送君出户時。何言淹留節迴換。牀席生塵明鏡垢。纖腰瘦削髮蓬亂。人生不得恒稱意。惆悵倚徙至夜半。

剉蘗染黄絲。黄絲歷亂不可治。我昔與君始相值。爾時自謂可君意。結帶與君言。死生好惡不相置。今朝見我顔色衰。意中索寞與先異。還君金釵玳瑁簪。不忍見之益愁思。悲涼跌宕，曼聲促節，體自明遠獨創。

梅花落

中庭雜樹多。偏爲梅咨嗟。問君何獨然。念其霜中能作花。露中能作實。摇蕩春風媚春日。念爾零落逐寒風。徒有霜華無霜質。以「花」字聯上「嗟」字成韻，以「實」字聯下「日」字成韻，格法甚奇。

登黄鶴磯

木落江渡寒。雁還風送秋。臨流斷商絃。瞰川悲棹謳。適郢無東轅。還夏有西浮。三崖隱丹磴。九派引滄流。淚竹感湘別。弄珠懷漢游。豈伊藥餌泰。得奪旅人憂。出語蒼堅，發端有力。

日落望江贈荀丞

旅人乏愉樂。薄暮增思深。日落嶺雲歸。延頸望江陰。亂流灇大壑。長霧匝高林。林際無窮極。雲邊不可尋。惟見獨飛鳥。千里一揚音。推其感物情。則知遊子心。君居帝京內。高會日揮金。豈念慕群客。咨嗟戀景沉。

吳興黃浦亭庾中郎別

風起洲渚寒。雲上日無輝。連山眇煙霧。長波迥難依。旅雁方南過。浮客未西歸。已經江海別。復與親眷違。奔景易有窮。離袖安可揮。懽觴爲悲酌。歌服成泣衣。温念終不渝。藻志遠存追。役人多牽滯。顧路慙奮飛。昧心附遠翰。炯言藏佩韋。

贈傅都曹別

輕鴻戲江潭。孤雁集洲沚。邂逅兩相親。緣念共無已。風雨好東西。一隔頓萬里。追憶棲宿時。聲容滿心耳。落日川渚寒。愁雲繞天起。短翮不能翔。徘徊煙霧裏。

行京口至竹里

高柯危且竦。鋒石橫復仄。複澗隱松聲。重崖伏雲色。冰閉寒方壯。風動鳥傾翼。斯志逢彫嚴。孤遊值曛逼。兼塗無憩鞍。半菽不遑食。君子樹令名。細人效命力。不見長河水。清濁俱不息。

上潯陽還都道中作

昨夜宿南陵。今旦入蘆洲。客行惜日月。崩波不可留。侵星赴早路。畢景逐前儔。鱗鱗夕雲起。獵獵晚風遒。騰沙鬱黃霧。翻浪揚白鷗。登艫眺淮甸。掩泣望荆流。絶目盡平原。時見遠煙浮。倏悲坐還合。俄思甚兼秋。未嘗違户庭。安能千里遊。誰令乏古節。貽此越鄉憂。

發後渚

江上氣早寒。仲秋始霜雪。從軍乏衣糧。方冬與家別。蕭條背鄉心。悽愴清渚發。涼埃暉平皋。飛潮隱修樾。孤光獨徘徊。空煙視昇滅。塗隨前峰遠。意逐後雲結。華志分馳年。韶顏慘驚節。推琴三起歎。聲爲君斷絶。琢句寧生澀，不肯凡近。

詠史

五都矜財雄。三川養聲利。千金不市死。明經有高位。京城十二衢。飛甍各鱗次。仕子彯華纓。游客竦輕轡。明星晨未晞。軒蓋已雲至。賓御紛颯沓。鞍馬光照地。寒暑在一時。繁華及春媚。君平獨寂寞。身世兩相棄。陶朱公曰：「吾聞千金之子，不死於市。」○住得斗絶，昔人所謂「勒舞馬勢」也。

擬古

魯客事楚王。懷金襲丹素。既荷主人恩。又蒙令尹顧。日晏罷朝歸。輿馬塞衢路。宗黨生光華。賓僕遠傾慕。富貴人所欲。道德亦何懼。南國有儒生。迷方獨淪誤。伐木清江湄。設置守毚兔。

十五諷詩書。篇翰靡不通。弱冠參多士。飛步遊秦宮。側覩君子論。預見古人風。兩説窮舌端。五車摧筆鋒。羞當白璧貺。恥受聊城功。晚節從世務。乘障遠和戎。解佩襲犀渠。卷袠奉盧弓。始願力不足。安知今所終。韓詩外傳：「楚襄王遣使者持金千斤，白璧百雙，聘莊子爲相，莊子不許。」

幽并重騎射。少年好馳逐。氈帶佩雙鞬。象弧插雕服。獸肥春草短。飛鞚越平陸。朝游雁門上。暮還樓煩宿。石梁有餘勁。驚雀無全目。漢虜方未和。邊城屢翻覆。留我一白羽。將以分符竹。闕子曰：「宋景公使弓人爲弓，九年乃成。公援弓東面而射之，矢踰於西霜之山，集於彭城之東。其餘力益勁，猶飲羽於石梁。」〇帝王世紀曰：「羿與吴賀北遊，賀使羿射雀，羿曰：『生之乎？殺之乎？』賀曰：『射其左目。』羿中其右目，抑首而媿，終身不忘。」

鑿井北陵隈。百丈不及泉。生事本瀾漫。何用獨精堅。幼壯重寸陰。衰暮及輕年。放駕息朝歌。提爵止中山。日夕登城隅。周迴視洛川。街衢積凍草。城郭宿寒煙。繁華悉何在。宫闕久崩填。空謗齊景非。徒稱夷叔賢。末即賢愚同盡意。

河畔草未黄。胡雁已矯翼。秋螢扶户吟。寒婦成夜織。去歲征人還。流傳舊相識。聞君上隴時。東望久歎息。宿昔改衣帶。朝旦異容色。念此憂如何。夜長愁更多。明鏡塵匣中。瑶琴生網羅。「扶户吟」，扶，猶依也。

蜀漢多奇山。仰望與雲平。陰崖積夏雪。陽谷散秋榮。朝朝見雲歸。夜夜聞猿鳴。憂人本自悲。孤客易傷情。臨堂設樽酒。留酌思平生。石以堅爲性。君勿慙素誠。擬古諸作，得陳思、太沖遺意。

紹古辭

橘生湘水側。菲陋人莫傳。逢君金華宴。得在玉几前。三川窮名利。京洛富妖妍。恩榮難久恃。隆寵易衰偏。觀席妾悽愴。覩翰君泫然。徒抱忠孝志。猶爲葑菲遷。昔與君別時。蠶妾初獻絲。何言年月駛。寒衣已擣治。緜繡多廢亂。篇帛久塵緇。離心壯爲劇。飛念如懸旗。石席我不爽。德音君勿欺。易「旌」爲「旗」，古人亦有此種强押。瑟瑟涼海風。竦竦寒山木。紛紛羈思盈。慊慊夜絃促。訪言山海路。千里歌別鶴。絃絶空咨嗟。形音誰賞録。辛苦異人狀。美貌改如玉。徒畜巧言鳥。不解心款曲。

學劉公幹體

胡風吹朔雪。千里度龍山。集君瑶臺上。飛舞兩楹前。兹晨自爲美。當避艷陽天。艷陽桃李節。皎潔不成妍。

遇銅山掘黄精

土肪閟中經。水芝韜内策。寶餌緩童年。命藥駐衰曆。矧蓄終古情。重拾煙霧迹。羊角棲斷雲。榼口流隘日。銅溪晝森沉。乳竇夜涓滴。既類風門磴。復像天井壁。蹀蹀寒葉離。瀠瀠秋水積。松色隨野深。月露依草白。空守江海思。豈懷梁鄭客。得仁古無怨。順道今何惜。清而幽，謝公詩中無此一種，此唐人先聲也。

秋夜

遯跡避紛喧。貨農棲寂寞。荒徑馳野鼠。空庭聚山雀。既遠人世歡。還賴泉卉樂。折柳樊場圃。負綆汲潭壑。霽旦見雲峰。風夜聞海鶴。江介早寒來。白露先秋落。麻壟方結葉。瓜田已掃籜。傾暉忽西下。迴景思華幕。攀蘿席中軒。臨觴不能酌。終古自多恨。幽悲共淪鑠。

翫月城西門廨中

始見西南樓。纖纖如玉鉤。末映西北墀。娟娟似蛾眉。蛾眉蔽珠櫳。玉鉤隔瑣窗。三五二八時。千里與君同。夜移衡漢落。裴徊帷户中。歸華先委露。别葉早辭風。客遊厭苦辛。仕子倦飄塵。休澣自公日。宴慰及私辰。蜀琴抽白雪。郢曲發陽春。肴乾酒未闋。金壺起夕淪。迴軒駐輕蓋。留酌待情人。少陵所云「俊逸」，應指此種。

鮑令暉

代葛沙門妻郭小玉作

明月何皎皎。垂幌照羅茵。若共相思夜。知同憂怨晨。芳華豈矜貌。霜露不憐人。君非青雲逝。飄迹事咸秦。妾持一生淚。經秋復度春。

題書後寄行人

自君之出矣。臨軒不解顏。砧杵夜不發。高門晝恒關。帳中流熠燿。庭前華紫蘭。楊枯識節異。鴻歸知客寒。遊用暮冬盡。除春待君還。「楊枯」十字作意。

吴邁遠

胡笳曲

輕命重意氣。古來豈但今。緩頰獻一説。揚眉受千金。邊風落寒草。鳴笳墮飛禽。越情結楚思。漢耳聽胡音。既懷離俗傷。復悲朝光侵。日當故鄉没。遥見浮雲陰。

古意贈今人

寒鄉無異服。氊褐代文練。日日望君歸。年年不解綖。荆揚春蚕和。幽薊猶霜霰。北寒妾已知。南心君不見。誰爲道辛苦。寄情雙飛燕。形迫杼煎絲。顔落風催電。容華一朝改。惟餘心不變。「北寒」「南心」，巧於著詞。

長相思

晨有行路客。依依造門端。人馬風塵色。知從河塞還。時我有同棲。結宦遊邯鄲。將不異客子。分饑復共寒。煩君尺帛書。寸心從此殫。遺妾長憔悴。豈復歌笑顔。簷隱千霜樹。庭枯十載蘭。經春不舉袖。秋落寧復看。一見願道意。君門已九關。虞卿棄相印。擔簦爲同歡。閨陰欲蚤霜。何事空盤桓。

王　徽

雜　詩

思婦臨高臺。長想憑華軒。弄絃不成曲。哀歌送苦言。箕帚留江介。良人處雁門。詎憶無衣苦。但知狐白温。日暗牛羊下。野雀滿空園。孟冬寒風起。東壁正中昏。朱火獨照人。抱景自愁怨。誰知心曲亂。所思不可論。

王僧達

答顔延年

長卿冠華陽。仲連擅海陰。珪璋既文府。精理亦道心。君子聳高駕。塵軌實爲林。崇情符遠跡。清氣溢素襟。結遊略年義。篤顧棄浮沈。寒榮共偃曝。春醞時獻斟。聿來歲序暄。輕雲出東岑。麥壟多秀色。楊園流好音。歡此乘日暇。忽忘逝景侵。幽衷何用慰。翰墨久謡吟。棲鳳難爲條。淑皃非所臨。誦以永周旋。匣以代兼金。亦著意追琢，答顔詩與顔體相似。○莊子曰：「忘年志義，振於無境。」

和琅琊王依古

少年好馳俠。旅宦游關源。既踐終古跡。聊訊興亡言。隆周爲藪澤。皇漢成山樊。久没離宮地。安識壽陵園。仲秋邊風起。孤蓬卷霜根。白日無精景。黄沙千里昏。顯軌莫殊轍。幽途豈異魂。聖賢良已矣。抱命復何怨。壽陵，景帝陵也。

沈慶之

侍宴詩

南史云：孝武令群臣賦詩。慶之有口辯，手不能書。上令作賦，慶之曰：「臣請口授師伯。」上令顏師伯執筆，慶之云云。上甚悦，衆坐並稱其詞意之美。

微生遇多幸。得逢時運昌。朽老筋力盡。徒步還南岡。辭榮此聖世。何媿張子房。武臣詩不嫌其直，與曹景宗詩並傳。

陸凱

贈范曄詩

荆州記曰：凱與范曄交善，自江南寄梅花一枝與曄，贈詩云云。

折梅逢驛使。寄與隴頭人。江南無所有。聊贈一枝春。

湯惠休

怨詩行

明月照高樓。含君千里光。巷中情思滿。斷絶孤妾腸。悲風盪帷帳。瑶翠坐自傷。妾心依天末。思與浮雲長。嘯歌視秋草。幽葉豈再揚。暮蘭不待歲。離華能幾芳。願作張女引。流悲繞君堂。君堂嚴且秘。絶調徒飛揚。只一起便是絶唱，文通「碧雲」之句，庶足相擬。○禪寂人作情語，轉覺入微，微處亦可證禪也。○顏延之謂：「惠休制作，委巷間歌謡耳，方當誤後生。」豈因其近於豔耶？

劉　俁

詩一首

城上草。植根非不高。所恨風霜蚤。似謡。

漁　父

答孫緬歌

南史：潯陽太守孫緬遇漁父，與論用世之道。漁父曰：「僕山海狂人，不達世務。未辨貧賤，無論榮貴。」乃歌云云，於是悠然鼓棹而去。

竹竿籊籊。河水㴖㴖。相忘爲樂。貪餌吞鈎。非夷非惠。聊以忘憂。東方先生曰：「首陽爲拙，柳下爲工。」此斟酌於工、拙之間。

宋人歌

南史：檀道濟，宋之良將，爲敵所畏。宋主疑而殺之，宋人作歌。

可憐白符鳩。枉殺檀江州。

石城謡

南史：袁粲謀舉兵誅齊高帝，褚淵發其謀，粲遇害，而淵獨輔政。百姓語曰：

可憐石頭城。寧爲袁粲死。不作褚淵生。

青溪小姑歌

蔣侯妹。

日暮風吹。葉落依枝。丹心寸意。愁君未知。

古詩源卷十二

齊詩

謝朓

玄暉靈心秀口，每誦名句，淵然泠然，覺筆墨之中，筆墨之外，别有一段深情妙理。○康樂每板拙，玄暉多清俊，然詩品終在康樂下，能清不能厚也。

江上曲

易陽春草出。踟蹰日已暮。蓮葉尚田田。淇水不可渡。願子淹桂舟。時同千里路。千里既相許。桂舟復容與。江上可採菱。清歌共南楚。

同謝諮議詠銅雀臺

繐帷飄井榦。罇酒若平生。鬱鬱西陵樹。詎聞鼓吹聲。芳襟染淚迹。嬋娟空復情。玉座猶寂寞。況乃妾身輕。笑魏武也，而托之於樹，何等含蘊！可悟立言之妙。

玉階怨

夕殿下珠簾。流螢飛復息。長夜縫羅衣。思君此何極。竟是唐人絶句。在唐人中爲最上者。

金谷聚

渠椀送佳人。玉杯邀上客。車馬一東西。别後思今夕。别離情事，以澹澹語出之，其情自深。蘇李詩亦不作蹙蹶聲也。

入朝曲 隋王鼓吹曲十首之一。

江南佳麗地。金陵帝王州。逶迤帶緑水。迢遞起朱樓。飛甍夾馳道。垂楊蔭御溝。凝笳翼高蓋。疊鼓送華輈。獻納雲臺表。功名良可收。

同王主簿有所思

佳期期未歸。望望下鳴機。徘徊東陌上。月出行人稀。即景含情，怨在言外。

京路夜發 自丹陽之宣城郡。

擾擾整夜裝。肅肅戒徂兩。曉星正寥落。晨光復泱漭。猶霑餘露團。稍見朝霞上。故鄉邈已夐。山川修且廣。文奏方盈前。懷人去心賞。敕躬每跼蹐。瞻恩惟震蕩。行矣倦路長。無由税歸鞅。

和徐都曹出新亭渚 徐勉有昧旦出新亭渚詩。

宛洛佳遨遊。春色滿皇州。結軫青郊路。迴瞰蒼江流。日華川上動。風光草際浮。桃李成蹊徑。桑榆蔭道周。東都已俶載。言歸望綠疇。

遊敬亭山

兹山亘百里。合沓與雲齊。隱淪既已託。靈異居然棲。上干蔽白日。下屬帶迴谿。交藤荒且蔓。樛枝聳復低。獨鶴方朝唳。饑鼯此夜啼。渫雲已漫漫。夕雨亦淒淒。我行雖紆組。兼得尋幽蹊。緣源殊未極。歸徑窅如迷。要欲追奇趣。即此凌丹梯。皇恩竟已矣。兹理庶無睽。

遊東田

戚戚苦無悰。攜手共行樂。尋雲陟累榭。隨山望菌閣。遠樹曖阡阡。生煙紛漠漠。魚戲新荷動。鳥散餘花落。不對芳春酒。還望青山郭。

暫使下都夜發新林至京邑贈西府同僚

大江流日夜。客心悲未央。徒念關山近。終知返路長。秋河曙耿耿。寒渚夜蒼蒼。引領見京室。宮雉正相望。金波麗鳷鵲。玉繩低建章。驅車鼎門外。思見昭丘陽。馳暉不可接。何況隔兩鄉。風雲有鳥道。江漢限無梁。常恐鷹隼擊。時菊委嚴霜。寄言罻羅者。寥廓已高翔。成王定鼎於郟鄏，其南門曰鼎門。○一起滔滔莽莽，其來無端。望京一段，眷戀不已。○「秋河」六語，應關山近。「驅車」六語，應返路長。時朓被讒而去，故有末二語。言已翔乎寥廓，羅者無如何也。用長卿難父老篇語意。

酬王晉安

梢梢枝早勁。塗塗露晚晞。南中榮橘柚。寧知鴻雁飛。拂霧朝青閣。日旰坐彤闈。悵望一途阻。參差百慮依。春草秋更綠。公子未西歸。誰能久京洛。緇塵染素衣。楚辭曰：白露紛以塗。塗，謂厚也。○鴻雁南棲衡陽，不入晉安之郡，故曰寧知。晉安，即今之泉州。

郡内高齋閑望答吕法曹 郡爲宣城郡。

結構何迢遞。曠望極高深。窗中列遠岫。庭際俯喬林。日出衆鳥散。山暝孤猿吟。已有池上酌。復此風中琴。非君美無度。孰爲勞寸心。惠而能好我。問以瑶華音。若遺金門步。見就玉山岑。

新亭渚别范零陵雲

洞庭張樂地。瀟湘帝子遊。雲去蒼梧野。水還江漢流。停驂我悵望。輟棹子夷猶。廣平聽方籍。茂陵將見求。心事俱已矣。江上徒離憂。言范同廣平，而聲聽方籍，己當居茂陵之下，將因彼而求見也。郭袤爲廣平太守。

之宣城郡出新林浦向板橋

江路西南永。歸流東北騖。天際識歸舟。雲中辨江樹。旅思倦揺揺。孤遊昔已屢。既歡懷禄情。復協滄洲趣。囂塵自兹隔。賞心於此遇。雖無玄豹姿。終隱南山霧。

在郡卧病呈沈尚書 尚書，約也。

淮陽股肱守。高卧猶在茲。況復南山曲。何異幽棲時。連陰盛農節。籉笠聚東菑。高閣常晝掩。荒階少諍辭。珍簟清夏室。輕扇動涼颸。嘉魴聊可薦。淥蟻方獨持。夏李沈朱實。秋藕折輕絲。良辰竟何許。夙昔夢佳期。坐嘯徒可積。爲邦歲已期。絃歌終莫取。撫几令自嗤。南陽太守弘農成縉，任功曹岑晊，時人語曰：「南陽太守岑公孝，弘農成縉但坐嘯。」

晚登三山還望京邑

灞涘望長安。河陽視京縣。白日麗飛甍。參差皆可見。餘霞散成綺。澄江靜如練。喧鳥覆春洲。雜英滿芳甸。去矣方滯淫。懷哉罷歡宴。佳期悵何許。淚下如流霰。有情知望鄉。誰能鬒不變。

直中書省

紫殿肅陰陰。彤庭赫弘敞。風動萬年枝。日華承露掌。玲瓏結綺錢。深沈映朱網。紅藥當階翻。蒼苔依砌上。茲言翔鳳池。鳴珮多清響。信美非吾室。中園思偃仰。朋情以鬱陶。春物方駘蕩。安得淩風翰。聊恣山泉賞。東宮舊事曰：窗有四面，結綺連錢。

宣城郡内登望

借問下車日。匪直望舒圓。寒城一以眺。平楚正蒼然。山積陵陽阻。溪流春穀泉。威紆距遥甸。巉巖帶遠天。切切陰風暮。桑柘起寒煙。悵望心已極。惝怳魂屢遷。結髮倦爲旅。平生早事邊。誰規鼎食盛。寧要狐白鮮。方弃汝南諾。言税遼東田。「寒城」一聯格高，朱子亦賞之。○續漢書曰：「汝南太守宗資，任用范滂，時人謡曰：『汝南太守范孟博，南陽宗資主畫諾。』」○魏志曰：「管寧聞公孫度令行海外，遂至遼東。」

高齋視事

餘雪映青山。寒霧開白日。曖曖江村見。離離海樹出。披衣就清盥。憑軒方秉筆。列俎歸單味。連駕止容膝。空爲大國憂。紛詭諒非一。安得掃蓬逕。鎖吾愁與疾。起四句寫雪後入神。

落日悵望

昧旦多紛喧。日晏未遑舍。落日餘清陰。高枕東窗下。寒槐漸如束。秋菊行當把。借問此何時。涼風懷朔馬。已傷暮歸客。復思離居者。情嗜幸非多。案牘偏爲寡。既乏瑯琊政。方憩洛陽社。

移病還園示親屬

疲策倦人世。歛性就幽蓬。停琴佇涼月。滅燭聽歸鴻。涼蕪乘暮析。秋華臨夜空。葉低知露密。崖斷識雲重。折荷葺寒袂。開鏡盼衰容。海暮騰清氣。河關祕棲沖。煙衡時未歇。芝蘭去相從。

送江兵曹檀主簿朱孝廉還上國

方舟泛春渚。攜手趨上京。安知慕歸客。詎意山中情。香風蕊上發。好鳥葉間鳴。揮袂送君已。獨此夜琴聲。

秋　夜

秋夜促織鳴。南鄰擣衣急。思君隔九重。夜夜空佇立。北牕輕幔垂。西戶月光入。何知白露下。坐視階前濕。誰能長分居。秋盡冬復及。

和何議曹郊遊

春心澹容與。挾弋步中林。朝光映紅萼。微風吹好音。江陲得清賞。山際果幽尋。未嘗遠離別。知此愜歸心。流泝終靡已。嗟行方至今。

和王著作融八公山 謝玄敗苻堅處。

二別阻漢坻。雙崤望河澳。茲嶺復巑岏。分區奠淮服。東限瑯琊臺。西距孟諸陸。阡眠起雜樹。檀欒蔭修竹。日隱澗疑空。雲聚岫如複。出没眺樓雉。遠近送春目。戎州昔亂華。素景淪伊穀。阽危賴宗衮。微管寄明牧。長蛇固能翦。奔鯨自此曝。道峻芳塵流。業遥年運倏。平生仰令圖。吁嗟命不淑。浩蕩别親知。連翩戒征軸。再遠館娃宮。兩去河陽谷。風煙四時犯。霜雨朝夜沐。春秀良已彫。秋場庶能築。戎州亂華，謂苻堅。素景，謂晉以金德王也。〇宗衮，謂謝安。明牧，謂謝玄。微管，即「微管仲吾其被髮左衽」意。古人引用，多割截者。〇長蛇奔鯨，喻苻堅、苻融也。「平生仰令圖」以下，皆朓自謂。〇小謝詩俱極流利，而此篇及和伏武昌作，典重質實，俱宗仰康樂。

和伏武昌登孫權故城 伏曼容爲武昌太守。

炎靈遺劍璽。當塗駭龍戰。聖期缺中壤。霸功興寓縣。鵲起登吴山。鳳翔凌楚甸。衿帶窮巖險。帷帟音亦。盡謀選。北拒溺驂鑣。西龕收組練。江海既無波。俯仰流英盼。裘冕類禋郊。卜揆崇離殿。釣臺臨講閱。樊山開廣讌。文物共葳蕤。聲明且葱蒨。三光厭分景。書軌欲同薦。參差世祀忽。寂寞市朝變。舞館識餘基。歌梁想遺囀。故林衰木平。芳池秋草徧。雄圖悵若兹。茂宰深遐睠。幽客滯江皋。從賞乖纓弁。清卮阻獻酬。良書限聞見。幸藉芳音多。承風采餘絢。于役倘有期。鄂渚同遊衍。炎靈，謂漢。當塗，謂魏。言當道而高大者，魏也。○「帷帟盡謀選」，言帷帳共事者皆善謀，而諸侯之選也。○北拒，謂禦曹操。西龕，謂敗西蜀。龕與戡同。○周禮曰：「王祀昊天上帝，則服大裘而冕，祀五帝亦如之。」卜揆，即卜云其吉，揆之以日。言作室也。○三國名臣頌曰：「三光參分，宇宙暫隔。」此言厭分景者，幾欲混一天下也。「參差世祀忽」以下，指亡國後說。○茂宰，謂伏武昌。幽客，自謂。○墨子曰：「墨子獻書於惠王，王受而讀之曰：『此良書也。』」此指武昌原作。○宣城係遥和，非共登城者。玩末二句自見。

新治北窗和何從事

國小暇日多。民淳紛務屏。闢牖期清曠。開簾候風景。泱泱日照溪。團團雲去嶺。岧嶢蘭橑峻。駢闐石路整。池北樹如浮。竹外山猶影。自來彌弦望。及君臨箕潁。清文蔚且詠。微言超已領。不見城壕側。思君朝夕頃。迴舟方在辰。何以慰延頸。

和江丞北戍瑯琊城

春城麗白日。阿閣跨層樓。蒼江忽渺渺。驅馬復悠悠。京洛多塵霧。淮濟未安流。豈不思撫劍。惜哉無輕舟。夫君良自勉。歲暮勿淹留。

和王中丞聞琴

涼風吹月露。圓景動清陰。蕙風入懷抱。聞君此夜琴。蕭瑟滿林聽。輕鳴響澗音。無爲澹容與。蹉跎江海心。

離夜

玉繩隱高樹。斜漢耿層臺。離堂華燭盡。别幌清琴哀。翻潮尚知恨。客思渺難裁。山川不可盡。况乃故人杯。

王孫遊

緑草蔓如絲。雜樹紅英發。無論君不歸。君歸芳已歇。

臨溪送別

悵望南浦時。徙倚北梁步。葉上涼風初。日隱輕霞暮。荒城迥易陰。秋溪廣難渡。沫泣豈徒然。君子行多露。

王　融

淥水曲

湛露改寒司。交鶯變春旭。瓊樹落晨紅。瑶塘水初淥。日霽沙漵明。風泉動華燭。遵渚泛蘭觴。乘漪弄清曲。斗酒千金輕。寸陰百年促。何用盡歡娱。王度式如玉。

巫山高

想像巫山高。薄暮陽臺曲。煙霞乍舒卷。猿鳥時斷續。彼美如可期。寤言紛在矚。憮然坐相思。秋風下庭緑。

蕭諮議西上夜集

徘徊將所愛。惜别在河梁。衿袖三春隔。江山千里長。寸心無遠近。邊地有風霜。勉哉勤歲暮。敬矣事容光。山中殊未懌。杜若空自芳。

和王友德元古意二首

遊禽暮知返。行人獨未歸。坐銷芳草氣。空度明月輝。嚬容入朝鏡。思淚點春衣。巫山彩雲没。淇上緑楊稀。待君竟不至。秋雁雙雙飛。

霜氣下孟津。秋風度函谷。念君凄以寒。當軒卷羅縠。纖手廢裁縫。曲鬢罷膏沐。千里不相聞。寸心鬱紛蕴。平聲。况復飛螢夜。木葉亂紛紛。

張融

別詩

白雲山上盡。清風松下歇。欲識離人悲。孤臺見明月。

劉繪

有所思

別離安可再。而我更重之。佳人不相見。明月空在帷。共御滿堂酌。獨斂向隅眉。中心亂如雪。甯知有所思。

孔稚圭

遊太平山

石險天貌分。林交日容缺。陰澗落春榮。寒巖留夏雪。陰森。

陸厥

臨江王節士歌

木葉下。江波連。秋月照浦雲歇山。秋思不可裁。復帶秋葉來。秋風來已寒。白露驚羅紈。節士慷慨髮衝冠。彎弓挂若木。長劍竦雲端。

江孝嗣

北戍瑯琊城詩

驅馬一連翩。日下情不息。芳樹似佳人。惆悵余何極。薄暮苦羈愁。終朝傷旅食。丈夫許人世。安得顧心憶。按劍勿復言。誰能耕與織。

東昏時百姓歌　金陵志：東昏侯即臺城閱武堂爲芳樂苑，又於苑中立店肆，以潘妃爲市令。

閱武堂。種楊柳。至尊屠肉。潘妃沽酒。

梁詩

武帝

逸民

如壟生木。木有異心。如林鳴鳥。鳥有殊音。如江游魚。魚有浮沈。巖巖山高。湛湛水深。事跡易見。理相難尋。淵淵渾渾，不類齊梁風格。

西洲曲　一作晉辭。

憶梅下西洲。折梅寄江北。單衫杏子紅。雙鬢鴉雛色。西洲在何處。兩槳橋頭渡。日暮伯勞飛。風吹烏桕樹。樹下即門前。門中露翠鈿。開門郎不至。出門采紅蓮。采蓮南塘秋。蓮花過人頭。低頭弄蓮子。蓮子青如水。置蓮懷袖中。蓮心徹底紅。憶郎郎不至。仰首望飛鴻。飛鴻滿西洲。望郎上青樓。樓高望不見。盡日闌干頭。闌干十二曲。垂手明如玉。卷簾天自高。海水摇空緑。海水夢悠悠。君愁我亦愁。南風知我意。吹夢到西洲。續續相生，連跗接萼，摇曳無窮，情味愈出。○似絶句數首攢簇而成，樂府中又生一體。初唐張若虛、劉希夷七言古，發源於此。

擬青青河畔草

幕幕繡户絲。悠悠懷昔期。昔期久不歸。鄉國曠音徽。音徽空結遲。半寢覺如至。既寤了無形。與君隔平生。月似雲掩光。葉似霜摧老。當途竟自容。莫肯爲妾道。

河中之水歌 一作晉辭。

河中之水向東流。洛陽女兒名莫愁。莫愁十三能織綺。十四采桑南陌頭。十五嫁爲盧家婦。十六生兒字阿侯。盧家蘭室桂爲梁。中有鬱金蘇合香。頭上金釵十二行。足下絲履五文章。珊瑚挂鏡爛生光。平頭奴子擎履箱。人生富貴何所望。恨不早嫁東家王。

東飛伯勞歌 一作古辭。

東飛伯勞西飛燕。黄姑織女時相見。誰家兒女對門居。開顔發豔照里閭。南窗北牖挂明光。羅幃綺帳脂粉香。女兒年紀十五六。窈窕無雙顔如玉。三春已暮花從風。空留可憐誰與同。何許騐宕。

天安寺疏圃堂

乘和蕩猶豫。此焉聊止息。連山去無限。長洲望不極。參差照光彩。左右皆春色。晻曖矚遊絲。出没看飛翼。其樂信難忘。翛然甯有適。

藉田

寅賓始出日。律中方星鳥。千畝土膏紫。萬頃陂色縹。嚴駕伫霞昕。浥露逗光曉。啟行天猶暗。伐鼓地未悄。蒼龍發蟠蜿。青旂引窈窕。仁化洽孩蟲。德令禁胎夭。耕藉乘月映。遺滯指秋杪。年豐廉讓多。歲薄禮節少。公卿秉耒耜。庶甿荷鋤耰。同擾。一人慙百王。三推先億兆。典重肅穆，能與題稱。

簡文帝

詩至蕭梁，君臣上下，惟以豔情爲娱，失温柔敦厚之旨，漢魏遺軌，蕩然掃地矣。故所選從略。

折楊柳

楊柳亂成絲。攀折上春時。葉密鳥飛礙。風輕花落遲。城高短簫發。林空畫角悲。曲中無別意。併是爲相思。「風輕花落遲」五字雋絶。

臨高臺

高臺半行雲。望望高不極。草樹無參差。山河同一色。彷彿洛陽道。道遠難別識。玉階故情人。情來共相憶。「山河同一色」，自是登高遠望神理。少陵登塔云：「俯視但一氣，焉能辨皇州。」更覺雄跨數倍。

納　涼

斜日晚騤騤。池塘生半陰。避暑高梧側。輕風時入襟。落花還就影。驚蟬乍失林。遊魚吹水沫。神蔡上荷心。翠竹垂秋采。丹棗映疎砧。無勞夜遊曲。寄此託微吟。

元帝

詠陽雲樓簷柳

楊柳非花樹。依樓自覺春。枝邊通粉色。葉裏映紅巾。帶日交簾影。因吹掃席塵。拂簷應有意。偏宜桃李人。詠楊柳者，唐人佳句甚多，然不如梁元二語，有天然之致。○「落星依遠戍，斜月半平林。」二語澹遠可風，摘録於此。

折楊柳

巫山巫峽長。垂柳復垂楊。同心且同折。故人懷故鄉。山似蓮花豔。流如明月光。寒夜猿聲徹。遊子淚霑裳。連上篇，此種音節，竟是五言近體矣。古詩之亡，亡於齊梁之間，唐陳射洪起而廓清之。文得昌黎，詩得射洪，挽回之功不小。

沈約

家令詩，較之鮑、謝，性情聲色，俱遜一格矣。然在蕭梁之代，亦推大家。以邊幅尚闊，詞氣尚厚，能存古詩一脈也。爾時江屯騎、何水曹，各自成家，可以鼎足。○水部名句極多，然漸入近體。

臨高臺

高臺不可望。望遠使人愁。連山無斷絶。河水復悠悠。所思竟何在。洛陽南陌頭。可望不可見。何用解人憂。

夜夜曲

河漢縱且横。北斗横復直。星漢空如此。甯知心有憶。孤燈曖不明。寒機曉猶織。零淚向誰道。雞鳴徒嘆息。

新安江至清淺深見底貽京邑遊好

眷言訪舟客。茲川信可珍。洞徹隨清淺。皎鏡無冬春。千仞寫高樹。百丈見遊鱗。滄浪有時濁。清濟涸無津。豈若乘斯去。俯映石磷磷。紛吾隔囂滓。寧假濯衣巾。願以潺湲水。霑君纓上塵。

直學省愁卧 學省，國學也。

秋風吹廣陌。蕭瑟入南闈。愁人掩軒卧。高窗時動扉。虚館清陰滿。神宇曖微微。網蟲垂户織。夕鳥傍櫚飛。纓珮空爲忝。江海事多違。山中有桂樹。歲暮可言歸。詩品自在，是文選體。

宿東園

陳王鬬雞道。安仁采樵路。東郊豈異昔。聊可閒余步。野徑既盤紆。荒阡亦交互。槿籬疎復密。荆扉新且故。樹頂鳴風飈。草根積霜露。驚麏去不息。征鳥時相顧。茅棟嘯愁鴟。平岡走寒兔。夕陰帶層阜。長煙引輕素。飛光忽我遒。豈止歲云暮。若蒙西山藥。頹齡倘能度。潘岳詩曰：「出自東郊，憂心摇摇。遵彼萊田，言采其樵。」〇西山藥，見魏文詩。

别范安成

生平少年日。分手易前期。及爾同衰暮。非復别離時。勿言一尊酒。明日難重持。夢中不識路。何以慰相思。一片真氣流出，句句轉，字字厚，去十九首不遠。

傷謝朓

吏部信才傑。文峰振奇響。調與金石諧。思逐風雲上。豈言陵霜質。忽隨人事往。尺璧爾何冤。一日同丘壤。三四語，能狀謝朓之詩。

石塘瀨聽猿

嗷嗷夜猿鳴。溶溶晨霧合。不知聲遠近。惟見山重沓。既歡東嶺唱。復佇西巖答。

遊沈道士館

秦皇御宇宙。漢帝恢武功。歡娛人事盡。情性猶未充。鋭意三山上。託慕九霄中。既表祈年觀。復立望仙宮。甯爲心好道。直由意無窮。曰余知止足。是願不須豐。遇可淹留處。便欲息微躬。山嶂遠重疊。竹樹近蒙籠。開襟濯寒水。解帶臨清風。所累非物外。爲念在玄空。朋來握石髓。賓至駕輕鴻。都令人徑絕。惟使雲路通。一舉凌倒景。同影。無事適華嵩。寄言賞心客。歲暮爾來同。谷永曰：「遇風輕舉，登遐倒景，言身在日月之上，日月反從下照，故其景倒也。」○「歡娛人事盡」十字，「甯爲心好道」十字，從來富貴人慕神仙之故，斷得確，説得盡。

早發定山

夙齡愛遠壑。晚莅見奇山。標峰綵虹外。置嶺白雲間。傾壁忽斜竪。絶頂復孤圓。歸流海漫漫。出浦水濺濺。野棠開未落。山櫻發欲然。忘歸屬蘭杜。懷禄寄芳荃。眷言采三秀。徘徊望九仙。通體對耦，亦成一格。

冬節後至丞相第詣世子車中作 齊書：豫章王嶷薨，贈丞相、揚州牧，長子廉爲世子。

廉公失權勢。門館有虚盈。貴賤猶如此。況乃曲池平。高車塵未滅。珠履故餘聲。賓階緑錢滿。客位紫苔生。誰當九原上。鬱鬱望佳城。史記廉頗傳曰：「廉頗失勢之時，故客盡去。及復爲將，又復至。」

奉和竟陵王經劉瓛墓

表閭欽逸軌。式墓禮真魂。化塗終渺默。神理暧猶存。塵經未輟幌。高衡已委門。日蕪子雲舍。徒望董生園。華陰無遺布。楚席有靈樽。元泉倘能慰。長夜且勿論。「華陰」句，用王烈遺盗牛者布事。

古詩源卷十三

梁詩

江淹 文通頗能修飭，而風骨未高。

從冠軍建平王登廬山香爐峰

廣成愛神鼎。淮南好丹經。此山具鸞鶴。往來盡仙靈。瑶草正翕艴。玉樹信葱青。絳氣下縈薄。白雲上杳冥。中坐瞰蜿虹。俛伏視流星。不尋遐怪極。則知耳目驚。日落長沙渚。曾陰萬里生。藉蘭素多意。臨風默含情。方學松柏隱。羞逐市井名。幸承光誦末。伏思託後旍。

望荆山

奉詔至江漢。始知楚塞長。南關繞桐柏。西嶽出魯陽。寒郊無留影。秋日懸清光。悲風撓重林。雲霞肅川漲。歲晏君如何。零淚霑衣裳。玉柱空掩露。金樽坐含霜。一聞苦寒奏。再使豔歌傷。蕭瑟。

古離别 雜擬共三十首，今存五首。

遠與君别者。乃至鴈門關。黄雲蔽千里。遊子何時還。送君如昨日。簷前露已團。不惜蕙草晚。所悲道里寒。君在天一涯。妾身長别離。願一見顔色。不異瓊樹枝。兔絲及水萍。所寄終不移。淮南子曰：「夫萍樹根於水，木樹根於土，天地性也。」此借以表己志之貞。

班婕妤詠扇

紈扇如團月。出自機中素。畫作秦王女。乘鸞向煙霧。彩色世所重。雖新不代故。竊愁涼風至。吹我玉階樹。君子恩未畢。零落在中路。

劉太尉琨傷亂

皇晉遘陽九。天下横氛霧。秦趙值薄蝕。幽并逢虎據。伊余荷寵靈。感激徇馳騖。雖無六奇術。冀與張韓遇。甯戚扣角歌。桓公遭乃舉。荀息冒險難。實以忠貞故。空令日月逝。愧無古人度。飲馬出城壕。北望沙漠路。千里何蕭條。白日隱寒樹。投袂既憤懣。撫枕懷百慮。功名惜未立。玄髮已改素。時哉苟有會。治亂惟冥數。末段悲壯，去太尉不遠。

陶徵君潛田居

種苗在東皋。苗生滿阡陌。雖有荷鉏倦。濁酒聊自適。日暮巾柴車。路闇光已夕。歸人望煙火。稚子候簷隙。問君亦何爲。百年會有没。但願桑麻成。蠶月得紡績。素心正如此。開逕望三益。得彭澤之清逸矣。

休上人怨别

西北秋風至。楚客心悠哉。日暮碧雲合。佳人殊未來。露彩方泛豔。月華始徘徊。寶書爲君掩。瑶琴詎能開。相思巫山渚。悵望陽雲臺。高鑪絶沈燎。綺席生浮埃。桂水日千里。因之平生懷。有佳句。

效阮公詩

歲暮懷感傷。中夕弄清琴。戾戾曙風急。團團明月陰。孤雲出北山。宿鳥驚東林。誰謂人道廣。憂慨自相尋。寧知霜雪後。獨見松竹心。

少年學擊劍。從師至幽州。燕趙兵馬地。惟見古時邱。登城望山水。平原獨悠悠。寒暑有往來。功名安可留。

若木出海外。本自丹水陰。群帝共上下。鸞鳥相追尋。千齡猶旦夕。萬世更浮沉。豈與異鄉士。瑜瑕論淺深。

昔余登大梁。西南望洪河。時寒原野曠。風急霜露多。仲冬正慘切。日月少精華。落葉縱橫起。飛鳥時相過。搔首廣川陰。懷歸思如何。常願反初服。閒步潁水阿。

宵月輝西極。女圭映東海。佳麗多異色。芬葩有奇采。綺縞非無情。光陰命誰待。不與風雨變。長共山川在。人道則不然。消散隨風改。能脱當時排偶之習，然較之阮公，相去不可數計。

范　雲

有所思

如何有所思。而無相見時。宿昔夢顔色。階庭尋履綦。高張更何已。引滿終自持。欲知憂能老。爲視鏡中絲。

贈張徐州謖

田家樵採去。薄暮方來歸。還聞稚子説。有客款柴扉。儐從皆珠玳。裘馬悉輕肥。軒蓋照墟落。傳瑞生光輝。疑是徐方牧。既是復疑非。思舊昔言有。此道今已微。物情棄疵賤。何獨顧衡闈。恨不具雞黍。得與故人揮。懷情徒草草。淚下空霏霏。寄書雲間雁。爲我西北飛。既是疑非，跌宕有神。

送沈記室夜別

桂水澄夜氛。楚山清曉雲。秋風兩鄉怨。秋月千里分。寒枝甯共採。霜猿行獨聞。把蘿正憶我。折桂方思君。

之零陵郡次新亭

江干遠樹浮。天末孤煙起。江天自如合。煙樹還相似。滄流未可源。高颿去何已。

洛陽城東西。長作經時别。昔去雪如花。今來花似雪。自然得之，故佳。後人學步，便覺有意。

任昉

贈郭桐廬出溪口見候余既未至郭仍進村維舟久之郭生乃至

朝發富春渚。蓄意忍相思。涿令行春返。冠蓋溢川坻。望久方來萃。悲歡不自持。滄江路窮此。湍險方自兹。疊嶂易成響。重以夜猿悲。客心幸自弭。中道遇心期。親好自斯絶。孤遊從此辭。如題轉落，不見痕迹，長題以此種爲式。

贈徐徵君

促生悲永路。早交傷晚别。自我隔容徽。於焉徂歲月。情非山河阻。意似江湖悦。東皋有儒素。杳與榮名絶。曾是違賞心。曷用箴余缺。眇焉追平生。塵書廢不閲。信此伊能已。懷抱豈暫輟。何以表相思。貞松擅嚴節。

别蕭諮議衍。

離燭有窮輝。别念無終緒。歧言未及申。離目已先舉。揆景巫衡阿。臨風長楸浦。浮雲難嗣音。裴徊悵誰與。儻有關外驛。聊訪狎鷗渚。

出郡傳舍哭范僕射 三首之一。

與子別幾辰。經塗不盈旬。弗覩朱顔改。徒想平生人。寧知安歌日。非君撤瑟晨。已矣余何歎。輟舂哀國均。「寧知安歌日」一聯，令人幾不敢言歡娛，情辭極爲深宛。

邱遲

侍宴樂遊苑送張徐州應詔

詰旦閶闔開。馳道聞鳳吹。輕荑承玉輦。細草藉龍騎。風遲山尚響。雨息雲猶積。音漬。巢空初鳥飛。荇亂新魚戲。實惟北門重。匪親孰爲寄。參差別念舉。肅穆恩波被。小臣信多幸。投生豈酬義。史記：「齊威王曰：『吾使有黔夫者，使守徐州，則燕人祭北門。』」故知與徐州關合，非尋常徵引。○西征賦曰：「豈生命之易投。」

旦發漁浦潭

漁潭霧未開。赤亭風已颺。櫂歌發中流。鳴鞞響沓嶂。村童忽相聚。野老時一望。詭怪石異象。嶄絶峰殊狀。森森荒樹齊。析析寒沙漲。藤垂島易陟。崖傾嶼難傍。信是永幽棲。豈徒暫清曠。坐嘯昔有委。卧治今可尚。

柳惲

江南曲

汀洲採白蘋。日暖江南春。洞庭有歸客。瀟湘逢故人。故人何不返。春花復應晚。不道新知樂。祗言行路遠。

贈吴均

寒雲晦滄洲。奔潮溢南浦。相思白露亭。永望秋風渚。心知别路長。誰謂若燕楚。關候日遼絶。如何附行旅。願作野飛鳥。飄然自輕舉。

擣衣詩

孤衾引思緒。獨枕愴憂端。深庭秋草緑。高門白露寒。思君起清夜。促柱奏幽蘭。不怨飛蓬苦。徒傷蕙草殘。

行役滯風波。遊人淹不歸。亭皋木葉下。隴首秋雲飛。寒園夕鳥集。思牖草蟲悲。嗟矣當春服。安見禦冬衣。

鶴鳴勞永歎。採菉傷時暮。念君方遠遊。望妾理紈素。秋風吹緑潭。明月懸高樹。佳人飾淨容。招攜從所務。

步櫩杳不極。離堂肅已扃。軒高夕杵散。氣爽夜砧鳴。瑶華隨步響。幽蘭逐袂生。踟蹰理金翠。容與納宵清。擣衣只於末首正點，以上寫情。

庾肩吾

奉和春夜應令

春牖對芳洲。珠簾新上鉤。燒香知夜漏。刻燭驗更籌。天禽下北閣。織女入西樓。月皎疑非夜。林疎似更秋。水光懸蕩壁。山翠下添流。詎假西園讌。無勞飛蓋遊。寫景娟秀，一結是應令體。

亂後行經吴御亭

御亭一回望。風塵千里昏。青袍異春草。白馬即吴門。獯戎鯁伊洛。雜種亂轘轅。輦道同關塞。王城似太原。休明鼎尚重。秉禮國猶存。殷牖爻雖賾。堯城吏轉尊。泣血悲東走。横戈念北奔。方憑七廟略。誓雪五陵寃。人事今如此。天道共誰論。御亭，吴大帝所建，在晉陵，别本作「郵亭」誤。

詠長信宫中草

委翠似知節。含芳如有情。全由履迹少。併欲上階生。「併欲」字，唐人多此種字法。

經陳思王墓

公子獨憂生。邱壟擅餘名。采樵枯樹盡。犁田荒隧平。寧追宴平樂。詎想謁承明。旦余來錫命。兼言事結成。飄飖河朔遠。颫飀颶風鳴。雁與雲俱陣。涉將蓬共驚。枯桑落古社。寒鳥歸孤城。隴水哀笳曲。漁陽慘鼓聲。離家來遠客。安得不傷情。庾肩吾、張正見，其詩聲色臭味俱備。詩之佳者，在聲色臭味之俱備，如庾如張是也。詩之高者，在聲色臭味之俱無，如陶淵明是也。○梁、陳、隋間人，專工琢句。如庾肩吾泛舟後湖：「殘虹收度雨，缺岸上新流。」張正見賦得白雲臨浦：「疎葉臨稽竹，輕鱗入鄭船。」江總贈人：「露洗山扉月，霜開石路煙。」隋煬帝：「鳥擊初移樹，魚寒欲隱苔。」皆成名儁。然比之「池塘生春草」，「天際識歸舟」等句，痕迹宛然矣。于此足覘風氣。

吴均

答柳惲

清晨發隴西。日暮飛狐谷。秋月照層嶺。寒風掃高木。霧露夜侵衣。關山曉催軸。君去欲何之。參差間原陸。一見終無緣。懷悲空滿目。

酬別江主簿屯騎

有客告將離。贈言重蘭蕙。泛舟當泛濟。結交當結桂。濟水有清源。桂樹多芳根。毛公與朱亥。俱在信陵門。趙瑟鳳凰柱。吴醥金罍樽。我有北山志。留連爲報恩。夫君皆逸翮。搏景復陵騫。白雲間海樹。秋日暗平原。寒蟲鳴趯趯。落葉飛翻翻。何用贈分首。自有北堂萱。「結交當結桂」，桂即當君子看。

主人池前鶴

本自乘軒者。爲君階下禽。摧藏多好貌。清唳有奇音。稻粱惠既重。華池遇亦深。懷恩未忍去。非無江海心。

酬周參軍

日暮憂人起。倚户悵無懽。水傳洞庭遠。風送雁門寒。江南霜雪重。相如衣服單。沈雲隱喬樹。細雨滅層巒。且當對樽酒。朱絃永夜彈。

春詠

春從何處來。拂水復驚梅。雲障青鎖闥。風吹承露臺。美人隔千里。羅幃閉不開。無由得共語。空對相思杯。一起飄逸。

山中雜詩

山際見來煙。竹中窺落日。鳥向簷上飛。雲從窗裏出。四句寫景，自成一格。

何遜

仲言詩，雖乏風骨，而情詞宛轉，淺語俱深，宜爲沈、范心折。○陰、何並稱，然何自遠勝。

日夕望江山贈魚司馬

溢城帶溢水。溢水縈如帶。日夕望高城。耿耿青雲外。城中多宴賞。絲竹常繁會。管聲已流悦。絃聲復淒切。歌黛慘如愁。舞腰凝欲絶。仲秋黄葉下。長風正騷屑。早雁出雲歸。故燕辭簷别。晝悲在異縣。夜夢還洛汭。洛汭何悠悠。起望西南樓。的的帆向浦。團團月映洲。誰能一羽化。輕舉逐飛浮。音響得之西洲。

道中贈桓司馬季珪

晨纜雖同解。晚洲阻共入。猶如征鳥飛。差池不可及。本願申羈旅。何言異翔集。君渡北江時。詎令南浦泣。

入西塞示南府同僚

露清晚風冷。天曙江光爽。薄雲巖際出。初月波中上。黯黯連障陰。騷騷急沫響。迴查急礙浪。群飛爭戲廣。伊余本羈客。重暌復心賞。望鄉雖一路。懷歸成二想。在昔愛名山。自知懽獨往。情遊乃落魄。得性隨怡養。年事以蹉跎。生平任浩蕩。方還讓夷路。誰知羨魚網。

贈諸游舊

弱操不能植。薄技竟無依。淺智終已矣。令名安可希。擾擾從役倦。屑屑身事微。少壯輕年月。遲暮惜光輝。一塗今未是。萬緒昨如非。新知雖已樂。舊愛盡暌違。望鄉空引領。極目淚沾衣。旅客長憔悴。春物自芳菲。岸花臨水發。江燕遶檣飛。無由下征帆。獨與暮潮歸。

送韋司馬別

送別臨曲渚。征人慕前侶。離言雖欲繁。離思終無緒。憫憫分手畢。蕭蕭行帆舉。舉帆越中流。望別上高樓。予起南枝怨。子結北風愁。邐邐山蔽日。洶洶浪隱舟。隱舟邈已遠。裴徊落日晚。歸衢並駕奔。別館空筵卷。想子斂眉去。知予銜淚返。銜淚心依依。薄暮行人稀。曖曖入塘港。蓬門已掩扉。簾中看月影。竹裏見螢飛。螢飛飛不息。獨愁空轉側。北窗倒長簟。南鄰夜聞織。弃置勿復陳。重陳長歎息。每於頓挫處，蟬聯而下，一往情深。

別沈助教

可憐玉匣劍。復此飛鳧舄。未覺愛生憎。忽見雙成隻。一朝別笑語。萬事成疇昔。道遒若波瀾。人生異金石。願君深自愛。共念悲無益。

與蘇九德別

宿昔夢顔色。咫尺思言宴。何況杳來期。各在天一面。踟躕暫舉酒。倏忽不相見。春草似青袍。秋月如團扇。三五出重雲。當知我憶君。萋萋若被逕。懷抱不相聞。末四句分頂「秋月」、「春草」，隨手成法，無所不可。

宿南洲浦

幽棲多暇豫。從役知辛苦。解纜及朝風。落帆依暝浦。違鄉已信次。江月初三五。沈沈夜看流。淵淵朝聽鼓。霜洲渡旅鴈。朔飇吹宿莽。夜淚坐淫淫。是夕偏懷土。

和蕭諮議岑離閨怨

曉河没高棟。斜月半空庭。窗中度落葉。簾外隔飛螢。含悲下翠帳。掩泣閉金屏。昔期今未返。春草寒復青。思君無轉易。何異北辰星。

臨行與故遊夜別

歷稔共追隨。一旦辭群匹。復如東注水。未有西歸日。夜雨滴空階。曉燈暗離室。相悲各罷酒。何時同促膝。

與胡興安夜別

居人行轉軾。客子暫維舟。念此一筵笑。分爲兩地愁。露濕寒塘草。月映清淮流。方抱新離恨。獨守故園秋。

慈姥磯

暮煙起遥岸。斜日照安流。一同心賞夕。暫解去鄉憂。野岸平沙合。連山遠霧浮。客悲不自已。江上望歸舟。己不能歸，而望他舟之歸，情事黯然。

相送

客心已百念。孤游重千里。江暗雨欲來。浪白風初起。

王籍

入若耶溪

艅艎何泛泛。空水共悠悠。陰霞生遠岫。陽景逐迴流。蟬噪林逾靜。鳥鳴山更幽。此地動歸念。長年悲倦遊。雋語當時傳誦，以爲文外獨絶。

劉峻

自江州還入石頭詩

鼓枻浮大川。延睇洛城觀。洛城何鬱鬱。杳與雲霄半。前望蒼龍門。斜瞻白鶴館。槐垂御溝道。柳綴金隄岸。迅馬晨風趨。輕輿流水散。高歌梁塵下。絙瑟荆禽亂。我思江海遊。曾無朝市玩。忽寄靈臺宿。空軫及關歎。仲子入南楚。伯鸞出東漢。何敢棲樹枝。取斃王孫彈。

劉孝綽

古意

燕趙多佳麗。白日照紅妝。蕩子十年別。羅衣雙帶長。春樓怨難守。玉階空自傷。復此歸飛燕。銜泥繞曲房。差池入綺幕。上下傍雕梁。故居猶可念。故人安可忘。相思昏望絶。宿昔夢容光。魂交忽在御。轉側定他鄉。徒然顧枕席。誰與同衣裳。空使蘭膏夜。炯炯對繁霜。

陶弘景

詔問山中何所有賦詩以答

答齊高帝詔。

山中何所有。嶺上多白雲。只可自怡悦。不堪持寄君。即「獨寐寤宿，永矢勿告」意。

寒夜怨

夜雲生。夜鴻驚。悽切嘹唳傷夜情。空山霜滿高煙平。鉛華沈照帳孤明。寒月微。寒風緊。愁心絶。愁淚盡。情人不勝怨。思來誰能忍。音節近詞，「空山」七字卻高。

曹景宗

光華殿侍宴賦競病韻

景宗破魏師凱旋，帝於光華殿宴飲聯句，景宗啟求賦詩。時韻已盡，惟餘「競」、「病」二字，景宗操筆而成，帝深歎賞，朝賢驚嗟累日。

去時兒女悲。歸來笳鼓競。借問行路人。何如霍去病。

徐悱

古意詶到長史溉登琅琊城

在潤州江甯縣西北十八里。

甘泉警烽候。上谷抵樓蘭。此江稱豁險。茲山復鬱盤。表裏窮形勝。襟帶盡巖巒。修篁壯下屬。危樓峻上干。登陴越遐望。迴首見長安。金溝朝灞滻。甬道入鴛鸞。鮮車騖華轂。汗馬躍銀鞍。少年負壯氣。耿介立衝冠。懷紀燕山石。思開函谷丸。豈如灞上戲。羞取路傍觀。寄言封侯者。數奇良可歎。在爾時已爲高響。

虞羲

詠霍將軍北伐

擁旄爲漢將。汗馬出長城。長城地勢險。萬里與雲平。涼秋八九月。胡騎入幽并。飛狐白日晚。瀚海愁雲生。羽書時斷絶。刁斗晝夜驚。乘墉揮寶劍。蔽日引高旍。雲屯七萃士。魚麗六郡兵。胡笳關下思。羌笛隴頭鳴。骨都先自讐。日逐次亡精。玉門罷斥堠。甲第始修營。位登萬庾積。功立百行成。天長地自久。人道有虧盈。未窮激楚樂。已見高臺傾。當今麟閣上。千載有雄名。漢書：「匈奴有骨都侯，有日逐王。」○雍門周説孟嘗君曰：「千秋萬歲後，高臺既已傾，曲池又已平。」○不爲纖靡之習所囿，居然傑作。

衛敬瑜妻王氏

孤燕詩

南史：貞女所居户有巢燕，常雙飛來去。後忽孤飛，貞女感其偏棲，乃以縷繫腳爲誌。後歲，此燕更來，猶帶前縷，女復爲詩曰：

昔年無偶去。今春猶獨歸。故人恩義重。不忍復雙飛。貞潔語出以和婉，愈能感人。

樂府歌辭

企喻歌　以下横吹曲，乃北音也。

男兒欲作健。結伴不須多。鷂子經天飛。群雀兩向波。
前行看後行。齊著鐵裲襠。前頭看後頭。齊著鐵鉦鉾。
男兒可憐蟲。出門懷死憂。尸喪狹谷中。白骨無人收。有同袍同澤之風。

幽州馬客吟歌辭

快馬常苦瘦。勦兒常苦貧。黄禾起羸馬。有錢始作人。

瑯琊王歌辭

新買五尺刀。懸著中梁柱。一日三摩挲。劇于十五女。
客行依主人。願得主人彊。猛虎依深山。願得松柏長。正意在前，喻意在後，古人往往有之。
憎馬高纏鬃。遥知身是龍。誰能騎此馬。惟有廣平公。按晉書，廣平公，姚弼興之子，泓之弟也。

鉅鹿公主歌辭

官家出遊雷大鼓。細乘犢車開後户。

車前女子年十五。手彈琵琶玉節舞。
鉅鹿公主殷照女。皇帝陛下萬幾主。

隴頭歌辭

朝發欣城。暮宿隴頭。寒不能語。舌卷入喉。奇語。
隴頭流水。鳴聲幽咽。遥望秦川。心腸斷絶。此章同漢辭。

折楊柳歌辭

上馬不捉鞭。反折楊柳枝。蹀坐吹長笛。愁殺行客兒。
遥看孟津河。楊柳鬱婆娑。我是擄家兒。不解漢兒歌。
健兒須快馬。快馬須健兒。跳跋黄塵下。然後别雄雌。

木蘭詩

唧唧復唧唧。木蘭當户織。不聞機杼聲。惟聞女歎息。問女何所思。問女何所憶。女
亦無所思。女亦無所憶。昨夜見軍帖。可汗大點兵。軍書十二卷。卷卷有爺名。阿爺

無大兒。木蘭無長兄。願爲市鞍馬。從此替爺征。東市買駿馬。西市買鞍韉。南市買轡頭。北市買長鞭。朝辭爺孃去。暮宿黄河邊。不聞爺孃喚女聲。但聞黄河流水鳴濺濺。旦辭黄河去。暮至黑水頭。不聞爺孃喚女聲。但聞燕山胡騎聲啾啾。萬里赴戎機。關山度若飛。朔氣傳金柝。寒光照鐵衣。將軍百戰死。壯士十年歸。歸來見天子。天子坐明堂。策勳十二轉。賞賜百千彊。可汗問所欲。木蘭不用尚書郎。願馳千里足。送兒還故鄉。爺孃聞女來。出郭相扶將。阿姊聞妹來。一作「阿妹聞姊來」。當户理紅妝。小弟聞姊來。磨刀霍霍向豬羊。開我東閣門。坐我西間牀。脱我戰時袍。著我舊時裳。當窗理雲鬢。對鏡帖花黄。出門看火伴。火伴皆驚惶。同行十二年。不知木蘭是女郎。雄兔脚撲朔。雌兔眼迷離。兩兔傍地走。安能辨我是雄雌。事奇詩奇。卑靡時得此，如鳳皇鳴，慶雲見，爲之快絶。○唐人韋元甫有擬木蘭詩一篇，後人并以此篇爲韋作，非也。韋係中唐人，杜少陵草堂一篇，後半全用此詩章法矣。斷以梁人作爲允。

捉搦歌

華陰山頭百丈井。下有流水徹骨冷。可憐女子能照影。不見其餘見斜領。

黄桑柘屐蒲子履。中央有絲兩頭繫。小時憐母大憐壻。何不早嫁論家計。

古詩源卷十四

陳詩

陰鏗

渡青草湖 亦作庾信詩。

洞庭春溜滿。平湖錦帆張。沅水桃花色。湘流杜若香。穴去茅山近。江連巫峽長。帶天澄迥碧。映日動浮光。行舟逗遠樹。度鳥息危檣。滔滔不可測。一葦詎能航。

廣陵岸送北使

行人引去節。送客艤歸艫。即是觀濤處。仍爲郊贈衢。汀洲浪已息。邗江路不紆。亭嘶背櫪馬。檣轉向風烏。海上春雲雜。天際晚帆孤。離舟對零雨。别渚望飛鳧。定知能下淚。非但一楊朱。

江津送劉光禄不及

依然臨送渚。長望倚河津。鼓聲隨聽絶。帆勢與雲鄰。泊處空餘鳥。離亭已散人。林寒正下葉。釣晚欲收綸。如何相背遠。江漢與城闉。

和傅郎歲暮還湘州

蒼茫歲欲晚。辛苦客方行。大江静猶浪。扁舟獨且征。棠枯絳葉盡。蘆凍白花輕。戍人寒不望。沙禽迴未驚。湘波各深淺。空軫念歸情。

開善寺

鷲嶺春光遍。王城野望通。登臨情不極。蕭散趣無窮。鶯隨入户樹。花逐下山風。棟裏歸雲白。牕外落暉紅。古石何年卧。枯樹幾春空。淹留昔未及。幽桂在芳叢。詩至於陳，專工琢句，古詩一綫絶矣。少陵絶句云：「頗學陰何苦用心。」又贈太白云：「李侯有佳句，往往似陰鏗。」此特賞其句，非取其格也。

徐陵

出自薊北門行

薊北聊長望。黄昏心獨愁。燕山對古刹。代郡隱城樓。屢戰橋恒斷。長冰塹不流。天雲如地陣。漢月帶胡秋。漬土泥函谷。挼繩縛涼州。平生燕頷相。會自得封侯。巧句。

别毛永嘉

願子厲風規。歸來振羽儀。嗟余今老病。此别空長離。白馬君來哭。黄泉我詎知。徒勞脱寶劍。空挂隴頭枝。似達愈悲，孝穆集中，不易多得。

關山月

關山三五夜。客子憶秦川。思婦高樓上。當牕應未眠。星旗映疏勒。雲陣上祁連。戰氣今如此。從軍復幾年。

周弘讓

留贈山中隱士

行行訪名嶽。處處必留連。遂至一巖裏。灌木上參天。忽見茅茨屋。曖曖有人煙。一士開門出。一士呼我前。相看不道姓。焉知隱與僊。清真似陶詩一派，陳隋時得之大難。

周弘正

還草堂尋處士弟

四時易荏苒。百齡倏將半。故老多零落。山僧盡凋散。宿樹倒爲查。舊水侵成岸。幽尋屬令弟。依然歸舊館。感物自多傷。況乃春鶯亂。

江　總

遇長安使寄裴尚書

傳聞合浦葉。遠向洛陽飛。北風尚嘶馬。南冠獨不歸。去雲目徒送。離琴手自揮。秋蓬失處所。春草屢芳菲。太息關山月。風塵客子衣。

入攝山棲霞寺

淨心抱冰雪。暮齒逼桑榆。太息波川迅。悲哉人世拘。歲華皆採穫。冬晚共嚴枯。濯流濟八水。開襟入四衢。兹山靈妙合。當與天地俱。石瀨乍深淺。崖煙遞有無。缺碑横古隧。盤木卧荒塗。行行備履歷。步步憐威紆。高僧迹共遠。勝地心相符。樵隱各有得。丹青獨不渝。寺僧猶有朗詮二師、居士明紹、治中蕭矚塑像圖。遺風佇芳桂。比德喻生芻。寄言長往客。淒然傷鄙夫。薄有清氣，急當收入。○總持更有遊攝山詩，中云：「荷衣步林泉，麥氣涼昏曉。」亦佳句也。

南還尋草市宅 入隋後南還之作。

紅顔辭鞏洛。白首入轘轅。乘春行故里。徐步采芳蓀。徑毁悲求仲。林殘憶巨源。見桐猶識井。看柳尚知門。花落空難徧。鶯啼靜易諠。無人訪語默。何處敘寒温。百年獨如此。傷心豈復論。

并州羊腸坂

三春别帝鄉。五月度羊腸。本畏車輪折。翻嗟馬骨傷。驚風起朔雁。落照盡胡桑。關山定何許。徒御慘悲涼。

於長安歸還揚州九月九日行薇山亭賦韻

心逐南雲逝。形隨北雁來。故鄉籬下菊。今日幾花開。

哭魯廣達 爲韓擒虎所執遇害者。

黄泉雖抱恨。白日自留名。悲君感義死。不作負恩生。不嫌自汙，真情可憫。

閨怨篇

寂寂青樓大道邊。紛紛白雪綺窗前。池上鴛鴦不獨自。帳中蘇合還空然。屏風有意障明月。燈火無情照獨眠。遼西水凍春應少。薊北鴻來路幾千。願君關山及早度。照妾桃李片時妍。竟似唐律，稍降則爲填詞矣，学者當防其漸。

張正見

秋日別庾正員

征途愁轉旆。連騎慘停鑣。朔氣凌疎木。江風送上潮。青雀離帆遠。朱鳶別路遥。唯有當秋月。夜夜上河橋。遇好句不十分卑弱者，亦便收入。鈔詩者至此，眼界放下幾許矣。

關山月

巖間度月華。流彩映山斜。暈逐連城璧。輪隨出塞車。唐蓂遥合影。秦桂遠分花。欲驗盈虚駛。方知道路賒。秦置桂林，言桂林之花，遠分於月中也。

何　胥

被使出關

出關登隴坂。回首望秦川。絳水通西晉。機橋指北燕。奔流下激石。古木上參天。鶯啼落春後。雁度在秋前。平生屢此别。腸斷自催年。「鶯啼」一聯，極言風景之異。

韋　鼎

長安聽百舌

萬里風煙異。一鳥忽相驚。那能對遠客。還作故鄉聲。

陳昭

昭君詞

跨鞍今永訣。垂淚別親賓。漢地隨行盡。胡關逐望新。交河擁塞霧。隴日暗沙塵。唯有孤明月。猶能遠送人。雅音。

北魏詩 附

劉昶

斷句 南史：昶兵敗奔魏，棄母、妻，惟攜妾一人，騎馬自隨。在道慷慨爲斷句。

白雲滿鄣來。黃塵暗天起。關山四面絶。故鄉幾千里。

常景

司馬相如 北史：景淹滯門下，積歲不至顯官。以蜀司馬相如、王褒、嚴君平、揚子雲皆有高才，而無重位，乃託意以讚之。

長卿有豔才。直致不群性。鬱若春煙舉。皎如秋月映。遊梁雖好仁。仕漢常稱病。清貞非我事。窮達委天命。

王褒

王子挺秀質。逸氣干青雲。明珠既絶俗。白鵠信驚群。才世苟不合。遇否途自分。空枉碧雞命。徒獻金馬文。漢宣帝遣王褒祀金馬碧雞之神，褒中道卒，故曰「空枉」、曰「徒獻」云。

嚴君平

嚴君性沈靜。立志明霜雪。味道綜微言。端蓍演妙説。才屈羅仲口。位結李强舌。素尚邁金貞。清標陵玉徹。

揚雄

蜀江導清流。揚子挹餘休。含光絶後彦。覃思邈前修。世輕久不賞。玄談物無求。當塗謝權寵。置酒得閑遊。不及五君詠者，顏作能寫性情，此只引得故實也。以氣體大方，收之。

温子昇

從駕幸金墉城

兹城實佳麗。飛甍自相並。膠葛擁行風。岧嶤閟流景。御溝屬清洛。馳道通丹屏。湛淡水成文。參差樹交影。長門久已閉。離宫一何静。細草緣玉階。高枝蔭桐井。微微夕渚暗。肅肅暮風冷。神行揚翠旂。天臨肅清警。伊臣從下列。逢恩信多幸。康衢雖已泰。弱力將安騁。略有三謝之體。

擣衣

長安城中秋夜長。佳人錦石擣流黄。香杵紋砧知近遠。傳聲遞響何凄凉。七夕長河爛。中秋明月光。蠮螉塞邊逢候雁。鴛鴦樓上望天狼。直是唐人。

胡叟

示陳伯達

北史：叟入沮渠牧犍，牧犍遇之不重，乃爲詩示伯達云：

群犬吠新客。佞暗排疏賓。直途既已塞。曲路非所遵。望衛惋祝鮀。盼楚悼靈均。何用宣憂懷。託翰寄輔仁。「輔仁」是康樂一種用法，其詞太直，在北朝取其風格。

胡太后

楊白花

梁書：楊華少有勇力，容貌雄偉，魏太后逼通之。華懼及禍，乃率其部曲降梁。太后思之，爲作楊白花歌，使宫人連臂蹋足歌之，聲甚悽惋。

陽春二三月。楊柳齊作花。春風一夜入閨闥。楊花飄蕩落南家。含情出户脚無力。拾得楊花淚沾臆。春去秋來雙燕子。願銜楊花入窠裏。音韻纏綿，令讀者忘其穢褻。後人作此題，竟賦楊花，失其旨矣。柳子厚一篇，若隱若露，劇佳。

雜歌謡辭

咸陽王歌

北史：後魏咸陽王禧謀逆伏誅後，宫人爲之歌。其歌流於江表，北人在南者，絃管奏之，莫不泣下。

可憐咸陽王。奈何作事誤。金牀玉几不能眠。夜踏霜與露。洛水湛湛彌岸長。行人那得渡。深情出以婉節，自能動人。一時文人詩，淺率無味，媿宫中女子多矣。

李波小妹歌　魏書：廣平人李波，宗族强盛，殘掠不已，百姓爲之語云云。刺史李安世誘波等殺之，州内肅然。

李波小妹字雍容。褰裙逐馬如卷蓬。左射右射必疊雙。婦女尚如此。男子安可逢。

北齊詩　附

邢　邵

思公子

綺羅日減帶。桃李無顏色。思君君未歸。歸來豈相識。

祖　珽

挽　歌

昔日驅駟馬。謁帝長楊宮。旌懸白雲外。騎獵紅塵中。今來向漳浦。素蓋轉悲風。榮華與歌笑。萬里盡成空。

鄭公超

送庾羽騎抱

舊宅青山遠。歸路白雲深。遲暮難爲别。摇落更傷心。空城落日影。迴地浮雲陰。送君自有淚。不假聽猿吟。翻得新。

蕭　慤

上之回

發軔城西時。回輿事北遊。山寒石道凍。葉下故宫秋。朔路傳清警。邊風卷畫旒。歲餘巡省畢。擁仗返皇州。聲律俱諧，唐音中之佳者。

和崔侍中從駕經山寺

鉤陳夜警徼。河漢曉參横。游騎騰文馬。前驅轉翠旌。野禽喧曙色。山樹動秋聲。雲表金輪見。巖端畫栱明。塔疑從地湧。蓋似積香成。泉高下溜急。松古上枝平。儀台多北思。麗藻蔚緣情。自嗤非照乘。何以繼連城。

秋　思

清波收潦日。華林鳴籟初。芙蓉露下落。楊柳月中疏。燕幃緗綺被。趙帶流黄裾。相思阻音息。結夢感離居。「芙蓉」一聯，不從雕琢而得，自是佳句。

顔之推

古　意

十五好詩書。二十彈冠仕。楚王賜顔色。出入章華裏。作賦凌屈原。讀書誇左史。數從明月讌。或侍朝雲祀。登山摘紫芝。泛江採緑芷。歌舞未終曲。風塵暗天起。吴師破九龍。秦兵割千里。狐兔穴宗廟。霜露沾朝市。璧入邯鄲宫。劍去襄城水。未獲殉陵墓。獨生良足恥。憫憫思舊都。惻惻懷君子。白髪窺明鏡。憂傷没餘齒。直述中懷，轉見古質。

從周入齊夜度砥柱

俠客重艱辛。夜出小平津。馬色迷關吏。雞鳴起戍人。露鮮華劍彩。月照寶刀新。問我將何去。北海就孫賓。後漢書：「中常侍唐衡，兄唐玹，盡殺趙岐家屬。岐逃難江湖間，匿名賣餅。時孫嵩察岐非常人，曰：『我北海孫賓碩。』因藏岐複壁中。數年，諸唐後滅，岐因赦乃免。」

馮淑妃

感琵琶絃

本齊主后，后爲周師所獲，以賜代王達。侍王彈琵琶，因絃斷作詩。

雖蒙今日寵。猶憶昔時憐。欲知心斷絶。應看膝上絃。

斛律金

敕勒歌

北史：北齊神武使斛律金唱敕勒，自和之。

敕勒川。陰山下。天似穹廬。籠蓋四野。天蒼蒼。野茫茫。風吹草低見牛羊。莽莽而來，自然高古。漢人遺響也。

雜歌謡辭

童謡　北史齊本紀：後魏末，文宣未受禪時，有童謡。按藁然兩頭，於文爲高；河邊羖攊，水邊羊，帝名也。

一束藁。兩頭然。河邊羖攊飛上天。

北周詩　附

庾信　陳隋間人，但欲得名句耳。子山於琢句中，復饒清氣，故能拔出於流俗中，所謂軒鶴立雞群者耶。○子山詩固是一時作手，以造句能新，使事無迹，比何水部似又過之。武陵陳胤倩謂「少陵不能青出於藍，直是亦步亦趨」，則又太甚矣。名句如步虚詞云：「漢帝看桃核，齊侯問棗花。」山池云：「荷風驚浴鳥，橋影聚行魚。」和宇文内史云：「樹宿含櫻鳥，花留釀蜜蜂。」軍行云：「塞迥翻榆葉，關寒落雁毛。」法筵云：「佛影胡人記，經文漢語翻。」詶薛文學云：「羊腸連九阪，熊耳對雙峰。」和人云：「早雷驚蟄户，流雪長河源。」園庭云：「樵隱恒同路，人禽或對巢。」清晨臨汎云：「猿嘯風還急，雞鳴潮欲來。」冬狩云：「驚雉逐鷹飛，騰猿看箭轉。」和人云：「絡緯無機織，流螢帶火寒。」咏畫屏云：「石險松横植，岩懸澗竪流。愛静魚爭樂，依人鳥入懷。」夢入堂内云：「日光釵影動，窗影鏡花摇。」少陵所云「清新」者耶。

商調曲

君以宫唱。寬大而謨明。聞義則可行。有熊爲政。訪道於容成。殷湯受命。委任於阿衡。忠其敬事。有罪不逃刑。誦其箴諫。言之無隱情。有剛有斷。四方可以寧。既頌既雅。天下乃昇平。專精一致。金石爲之開。動其兩心。妻子恩情乖。苟利社稷。無有不盡褱。昊天降祐。元首惟康哉。黄帝有熊氏，命容成作蓋天。禮樂既正。神人所以和。玉帛有序。志欲静干戈。各分符瑞。俱誓裂山河。今日相樂。對酒且當歌。道德以喻。聽撞鐘之聲。神奸不若。觀鑄鼎之形。酆宫既朝。諸侯於是穆。岐陽或狩。淮夷自此平。若涉大川。言憑于舟檝。如和鼎實。有寄於鹽梅。君臣一體。可以静氛埃。得人則治。何世無奇才。别爲一體，當存以備觀覽。在爾時，宗廟之樂，亦用靡靡，此如蕢桴土鼓也。

烏夜啼

促柱繁絃非子夜。歌聲舞態異前溪。御史府中何處宿。洛陽城頭那得棲。彈琴蜀郡卓家女。織錦秦川竇氏妻。詎不自驚長淚落。到頭啼烏恒夜啼。

對酒歌

春水望桃花。春洲藉芳杜。琴從緑珠借。酒就文君取。牽馬向渭橋。日曝山頭晡。山簡接羅倒。王戎如意舞。箏鳴金谷園。笛韻平陽塢。人生一百年。歡笑惟三五。何處覓錢刀。求爲洛陽賈。起結致佳。○作意嶔寄，終歸平順，風氣使然也。

奉和泛江

春江下白帝。畫舸向黄牛。錦纜回沙磧。蘭橈避荻洲。溼花隨水泛。空巢逐樹流。建平船柹下。荆門戰艦浮。岸社多喬木。山城足迴樓。日落江風靜。龍吟迴上游。

同盧記室從軍

河圖論陣氣。金匱辨星文。地中鳴鼓角。天上下將軍。函犀恒七屬。絡鐵本千群。飛梯聊度絳。合弩暫凌汾。寇陣先中斷。妖營即兩分。連烽對嶺度。嘶馬隔河聞。箭飛如疾雨。城崩似壞雲。英王於此戰。何用武安君。

至老子廟應詔

虛無推馭辨。寥廓本乘蜺。三門臨苦縣。九井對靈谿。盛丹須竹節。量藥用刀圭。石似臨邛芋。芝如封禪泥。毻音妥。毛新鵠小。盤根古樹低。野戍孤煙起。春山百鳥啼。路有三千別。途經七聖迷。唯當別關吏。直向流沙西。神仙傳：「老子耳有三門。」郡國志：「苦縣老子廟有九井。」○「悠悠三千，路難涉矣。」趙至語。七聖俱迷，用軒轅訪道事。

擬詠懷 無窮孤憤，傾吐而出，工拙都忘，不專擬阮。

嶹昔國士遇。生平知己恩。直言珠可吐。寧知炭可吞。一顧重尺璧。千金輕一言。悲傷劉孺子。悽愴史皇孫。無因同武騎。歸守霸陵園。

榆關斷音信。漢使絕經過。胡笳落淚曲。羌笛斷腸歌。纖腰減束素。別淚損橫波。恨心終不歇。紅顏無復多。枯木期塡海。青山望斷河。

摇落秋爲氣。淒涼多怨情。啼枯湘水竹。哭壞杞梁城。天亡遭憒戰。日蹙值愁兵。直虹朝映壘。長星夜落營。楚歌饒恨曲。南風多死聲。眼前一杯酒。誰論身後名。

橫流遘屯慝。上慘結重氛。哭市聞妖獸。頹山起怪雲。綠林多散卒。淸波有敗軍。智士今安用。忠臣且未聞。惜無萬金產。東求滄海君。隋巢子：「三苗大亂，龍生於廟，犬哭於市。」陣日晚荒城上。蒼茫餘落暉。都護樓蘭返。將軍疏勒歸。馬有風塵色。人多關塞衣。陣雲平不動。秋蓬卷欲飛。聞道樓船戰。今年不解圍。

蕭條亭障遠。悽愴風塵多。關門臨白狄。城影入黃河。秋風別蘇武。寒水送荊軻。誰言氣蓋世。晨起帳中歌。「城影」句悲壯。

步兵未飲酒。中散未彈琴。索索無真氣。昏昏有俗心。涸鮒常思水。驚飛每失林。風雲能變色。松竹且悲吟。由來不得意。何必往長岑。易震卦云：「震索索。」

悲歌度燕水。弭節出陽關。李陵從此去。荊卿不復還。故人形影滅。音書兩俱絕。遥看塞北雲。懸想關山雪。遊子河梁上。應將蘇武別。如聞羽聲。○末路但收李陵，古人章法。

喜晴應詔敕自疏韻

御辨誠膺録。維皇稱有建。雷澤昔經漁。負夏時從販。柏梁驂駟馬。高陵馳六傳。有序屬賓連。無私表平憲。河堤崩故柳。秋水高新堰。心齋愍昏墊。樂徹憐胥怨。禪河秉高論。法輪開勝辯。王城水鬪息。洛浦河圖獻。伏泉還習坎。歸風已回巽。桐枝長舊圍。蒲節抽新寸。山藪欣藏疾。幽棲得無悶。有慶兆民同。論年天子萬。「高陵」句，用漢文本紀乘六傳至高陵事。周明帝之立，亦相似也。○穀、洛水鬭，見國語。

和王少保遥傷周處士

王少保褒集，闕此題詩。

冥漠爾遊岱。悽涼余向秦。雖言異生死。同是不歸人。昔余仕冠蓋。值子避風塵。望氣求真隱。伺關待逸民。忽聞泉石友。芝桂不防身。悵然張仲蔚。悲哉鄭子真。三山猶有鶴。五柳更應春。遂令從渭水。投弔往江濵。

奉和永豐殿下言志

立德齊今古。資仁一毁譽。無機抱甕汲。有道帶經鋤。處下唯名惠。能賢本姓蘧。未論驚寵辱。安知繫慘舒。

詠畫屏風詩

昨夜鳥聲春。驚鳴動四鄰。今朝梅樹下。定有詠花人。流星浮酒泛。粟瑱繞杯脣。何勞一片雨。唤作陽臺神。

三危上鳳翼。九坂度龍鱗。路高山裹樹。雲低馬上人。懸崖泉溜響。深谷鳥聲春。住馬來相問。應知有姓秦。

梅花

常年臘月半。已覺梅花闌。不信今春晚。俱來雪裏看。樹動懸冰落。枝高出手寒。早知覓不見。真悔著衣單。古人詠梅，清高越俗，後人愈刻畫，愈覺粘滯。古人取神，後人取形也。

寄徐陵

故人倘思我。及此平生時。莫待山陽路。空聞吹笛悲。

和侃法師

客遊經歲月。羈旅故情多。近學衡陽雁。秋分俱渡河。

重別周尚書

陽關萬里道。不見一人歸。唯有河邊雁。秋來南向飛。從子山時勢地位想之，愈見可悲。

王褒

關山篇

從軍出隴坂。驅馬度關山。關山恒掩藹。高峰白雲外。遥望秦川水。千里長如帶。好勇自秦中。意氣多豪雄。少年便習戰。十四已從戎。遼水深難渡。榆關斷未通。

渡河北

秋風吹木葉。還似洞庭波。常山臨代郡。亭障繞黄河。心悲異方樂。腸斷隴頭歌。薄暮臨征馬。失道北山阿。起調甚高。

隋詩

煬帝

煬帝詩，能作雅正語，比陳後主勝之。

飲馬長城窟行示從征群臣

肅肅秋風起。悠悠行萬里。萬里何所行。橫溪築長城。豈台小子智。先聖之所營。樹兹萬世策。安此億兆生。詎敢憚焦思。高枕於上京。北河秉武節。千里捲戎旃。山川互出没。原野窮超忽。摐金止行陣。鳴鼓興士卒。千乘萬騎動。飲馬長城窟。秋昏塞外雲。霧暗關山月。緣巖驛馬上。乘空烽火發。借問長城候。單于入朝謁。濁氣靜天山。晨光照高闕。釋兵仍振旅。要荒事方舉。飲至告言旋。功歸清廟前。

白馬篇

白馬金貝裝。橫行遼水傍。問是誰家子。宿衛羽林郎。文犀六屬鎧。寶劍七星光。山虚弓響徹。地迥角聲長。宛河推勇氣。隴蜀擅威强。輪臺受降虜。高闕翦名王。射熊入飛觀。校獵下長楊。英名欺衛霍。智策蔑平良。島夷時失禮。卉服犯邊疆。徵兵集薊北。輕騎出漁陽。進軍隨日暈。挑戰逐星芒。陣移龍勢動。營開虎翼張。衝冠入死地。攘臂越金湯。塵飛戰鼓急。風交征旆揚。轉鬭平華地。追犇掃鬼方。本持身許國。況復武功彰。會令千載後。流譽滿旂常。二章氣體自闊大，而骨力未能振起，故知風格初成，菁華未備。

楊素

武人亦復奸雄，而詩格清遠，轉似出世高人，真不可解。

山齋獨坐贈薛内史二首

居山四望阻。風雲竟朝夕。深溪横古樹。空巖卧幽石。日出遠岫明。鳥散空林寂。蘭庭動幽氣。竹室生虚白。落花入户飛。細草當階積。桂酒徒盈樽。故人不在席。日落山之幽。臨風望羽客。

巖壑澄清景。景清巖壑深。白雲飛暮色。緑水激清音。澗户散餘彩。山窗凝宿陰。花草共縈映。樹石相陵臨。獨坐對陳榻。無客有鳴琴。寂寂幽山裏。誰知無悶心。

贈薛播州 北史：素以詩遺薛道衡，薛曰：「人之將死，其言也善，若是乎？」未幾而卒。

在昔天地閉。品物屬屯蒙。和平替王道。哀怨結人風。麟傷世已季。龍戰道將窮。亂海飛群水。貫日引長虹。干戈異革命。揖讓非至公。落句是奸雄語，曹孟德時或有此。

兩河定寶鼎。八水域神州。函關絶無路。京洛化爲邱。漳滏爾連沼。涇渭余别流。生郊滿戎馬。涉路起風牛。班荆疑莫遇。贈縞竟無由。

道昏雖已朗。政故猶未新。刳舟洹水際。結網大川濱。出遊迎釣叟。入夢訪幽人。植林雖各樹。開榮豈異春。相逢一時泰。共幸百年身。「植林」一聯，言己與薛各奮事功，遺詞甚雅。

荏苒積歲時。契闊同遊處。閶闔既趨朝。承明還宴語。上林陪羽獵。甘泉侍清曙。迎風含暑氣。飛雨淒寒序。相顧惜光陰。留情共延佇。滔滔彼江漢。實爲南國紀。作牧求明德。若人應斯美。高卧未褰帷。飛聲已千里。還望白雲天。日暮秋風起。峴山君儻遊。淚落應無已。漢陰政已成。嶺表人猶蠹。彈冠比方新。還珠總如故。楚人結去思。越俗歌來暮。陽烏尚歸飛。別雀還迴顧。君見南枝巢。應思北風路。養病願歸閑。居榮在知足。棲遲茂陵下。優游滄海曲。故人情可見。今人遵路矚。荒居接野窮。心物俱非俗。桂樹芳叢生。山幽竟何欲。秋水魚游日。春樹鳥鳴時。濠梁暮共往。幽谷有相思。千里悲無駕。一見杳難期。山河散瓊蘂。庭樹下丹滋。物華不相待。遲暮有餘悲。銜悲向南浦。寒色黯沈沈。風起洞庭險。煙生雲夢深。獨飛時慕侶。寡和乍孤音。木落悲時暮。時暮感離心。離心多苦調。詎假雍門琴。從天下之亂，説到定鼎；次説求材；次説立朝；次説薛之出守，頌其政成；次説己之歸閑；末致相思之意。一題幾章，須具此章法。○未嘗不排，而不覺排偶之迹，骨高也。

盧思道

遊梁城

揚鑣歷汴浦。迴扈入梁墟。漢藩文雅地。清塵暖有餘。賓遊多任俠。臺苑盛簪裾。歎息徐公劍。悲涼鄴子書。亭皐落照盡。原野沍寒初。烏散空城夕。煙銷古樹疎。東越嚴子陵。西蜀馬相如。修名竊所慕。長謡獨課虚。

薛道衡

昔昔鹽

昔昔，猶夜夜也。鹽，「引」之轉而譌也。

垂柳覆金堤。蘼蕪葉復齊。水溢芙蓉沼。花飛桃李蹊。採桑秦氏女。織錦竇家妻。關山別蕩子。風月守空閨。恒斂千金笑。長垂雙玉啼。盤龍隨鏡隱。彩鳳逐帷低。飛魂同夜鵲。倦寢憶晨雞。暗牖懸蛛網。空梁落燕泥。前年過代北。今歲往遼西。一去無消息。那能惜馬蹄。

「暗牖懸蛛網」二句，從張景陽「青苔依空牆，蜘蛛網四屋」化出。而其發原，則在「伊威在室，蠨蛸在户」，但後人愈巧耳。

敬酬楊僕射山齋獨坐

相望山河近。相思朝夕勞。龍門竹箭急。華岳蓮花高。岳高障重疊。鳥道風煙接。遥原樹若薺。遠水舟如葉。葉舟旦旦浮。驚波夜夜流。露寒洲渚白。月冷函關秋。秋夜清風發。彈琴即鑑月。雖非莊舄歌。吟咏常思越。楊素封越國公。○「遥原」二語，孟襄陽祖此句法。

人日思歸

入春纔七日。離家已二年。人歸落雁後。思發在花前。

虞世基

出塞

上將三略遠。元戎九命尊。恤懷古人節。思酬明主恩。山西多勇氣。塞北有游魂。揚桴度隴坂。勒騎上平原。誓將絶沙漠。悠然去玉門。輕齎不遑舍。驚策騖戎軒。懍懍邊風急。蕭蕭征馬煩。雪暗天山道。冰塞交河源。霧烽黯無色。霜旗凍不翻。耿介倚長劍。日落風塵昏。

入關

隴雲低不散。黄河咽復流。關山多道里。相接幾重愁。

孫萬壽

和周記室遊舊京

大夫愍周廟。王子泣殷墟。自然心斷絶。何關繫慘舒。僕本漳濱士。舊國亦淪胥。紫陌風塵起。青壇冠蓋疎。臺留子建賦。宮落仲將書。譙周自題柱。商容誰表閭。聞君懷古曲。同病亦漣洳。方知周處歎。前後信非虚。三四語翻得高。韋誕字仲將，爲魏書凌雲臺者。周處將戰死，歎曰：「軍無後繼必敗，不徒身亡，爲國取恥。」

早發揚州還望鄉邑

鄉關不再見。悵望窮此晨。山煙蔽鍾阜。水霧隱江津。洲渚斂寒色。杜若變芳春。無復歸飛羽。空悲沙塞塵。

東歸在路率爾成咏

學宦兩無成。歸心自不平。故鄉尚千里。山秋猿夜鳴。人愁慘雲色。客意慣風聲。羈恨雖多緒。俱是一傷情。

王胄

別周記室

五里徘徊隺。三聲斷絶猿。何言俱失路。相對泣離樽。別路悽無已。當歌寂不喧。貧交欲有贈。掩涕竟無言。

尹式

別宋常侍

遊人杜陵北。送客漢川東。無論去與住。俱是一飄蓬。秋鬢含霜白。衰顔倚酒紅。別有相思處。啼烏雜夜風。

孔德紹

送蔡君知入蜀

金陵已去國。銅梁忽背飛。失路遠相送。他鄉何日歸。

夜宿荒村

綿綿夕漏深。客恨轉傷心。撫絃無人聽。對酒時獨斟。故鄉萬里絶。窮愁百慮侵。秋草思邊馬。遶枝驚夜禽。風度谷餘響。月斜山半陰。勞歌欲敍意。終是白頭吟。

孔紹安

落　葉

早秋驚落葉。飄零似客心。翻飛未肯下。猶言惜故林。頗能寄託。

別徐永元秀才

金湯既失險。玉石乃同焚。墜葉還相覆。落羽更爲群。豈謂三秋節。重傷千里分。促離絃易轉。幽咽水難聞。欲識相思處。山川間白雲。「墜葉」一聯，比亂離之後，兩人結契，非尋常寫景。下轉到惜別。

陳子良

送別

落葉聚還散。征禽去不歸。以我窮途泣。沾君出塞衣。不堪。○亦见何遜集，略有異同。

七夕看新婦隔巷停車

隔巷遥停幰。非復爲來遲。只言更尚淺。未是渡河時。寫來合并無迹。

王申禮

賦得巖穴無結搆

巖間無結搆。谷處極幽尋。葉落秋巢迥。雲生石路深。早梅香野徑。清澗響邱琴。獨有棲遲客。留連芳杜心。

呂讓

和入京

俘囚經萬里。憔悴度三春。髮改河陽鬢。衣餘京洛塵。鍾儀悲去楚。隨會泣留秦。既謝平吴利。終成失路人。

明餘慶

從軍行

三邊烽亂驚。十萬且横行。風卷常山陣。笳喧細柳營。劍花寒不落。弓月曉逾明。會取淮南地。持作朔方城。「劍花」一聯，唐人極摹此種句法。

大義公主

公主，後周宇文氏女，嫁爲突厥沙鉢略妻。初名千金公主。隋滅周，自傷宗祀絶滅，每褱復周之志。日夜言於沙鉢略，悉衆爲寇。後沙鉢略内附，賜姓楊氏，改封大義公主。隋平陳後，以陳叔寶屏風賜主。主心恒不平，因書屏風爲詩。

書屏風詩

盛衰等朝暮。世道若浮萍。榮華實難守。池臺終自平。富貴今何在。空事寫丹青。杯酒恒無樂。絃歌詎有聲。余本皇家子。飄流入虜庭。一朝覩成敗。懷抱忽縱横。古來共如此。非我獨申名。唯有明君曲。偏傷遠嫁情。英氣勃勃。事雖不成，精衛之志，不可泯滅。

無名氏

送別詩

楊柳青青著地垂。楊花漫漫攪天飛。柳條折盡花飛盡。借問行人歸不歸。竟似盛唐人手筆。

〇東虚記云：「此詩作於大業末年。」指煬帝巡遊無度，民窮財盡，望其返國，五子作歌之意也。

雞鳴歌

東方欲明星爛爛。汝南晨雞登壇喚。曲終漏盡嚴具陳。月没星稀天下旦。千門萬户遞魚鑰。宫中城上飛烏鵲。